Wastl Fanderl

Oberbayerische Lieder

Wastl Fanderl

Oberbayerische Lieder

Chiemgau

Rupertiwinkel

Berchtesgadener Land

Ehrenwirth

ISBN 3-431-02976-0

Notensatz: Randy R. Cole Wörthsee
Einband: Walter Rupprecht-Freigang
Gesamtherstellung: Friedrich Pustet, Regensburg
Printed in Germany 1988

Inhalt

Die Lieder dieses Buches sind seit Generationen im östlichen Oberbayern heimisch. Wo sie aber einmal entstanden sind, von wo sie ausgeflogen sind, das ist freilich nicht feststellbar. Mit sangesfreudigen Fuhr- und Schiffsleuten sind sie zugewandert, auch mit Soldaten oder über gedruckte Sammlungen wie jene des Franz von Kobell oder des Salzburgers Maria Vinzenz Süß. Das ist lange her.

Hier sind die Lieder in natürlicher Zweistimmigkeit veröffentlicht und zwar in der Form, wie sie sich die Berchtesgadener, die Rupertiwinkler und die Chiemgauer über die Zeitläufte nach ihrem Gefallen zurechtgesungen haben.

Von den Vorsängern sind manche nicht mehr am Leben. Ihrer gedenke ich in Dankbarkeit. Sie besonders und überhaupt alle Sangesfreunde, mit denen ich frohe und glückliche Stunden verleben durfte, dann die jungen Leut', denen ich die Lieder der Alten ans Herz lege, nicht zuletzt aber auch die Nichtsänger, die allein an den überlieferten schönen Texten ihre Freude haben – sie alle grüße ich herzlich!

Wastl Fanderl

Habn kinnts an meinem Standl …

's Kramerstandl

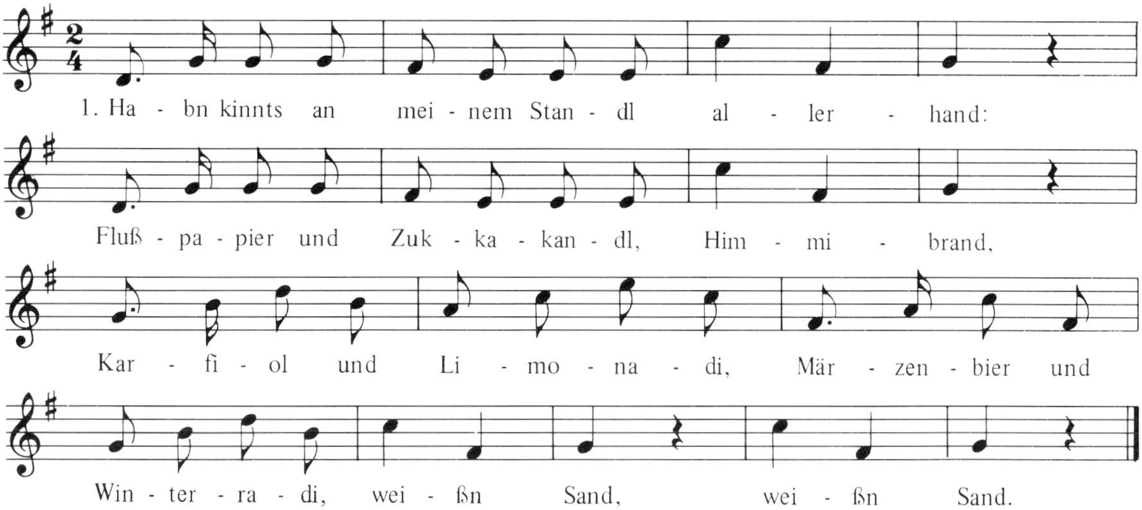

1. Habn kinnts an meinem Standl allerhand:
Flußpapier und Zuckakandl, Himmibrand,
Karfiol und Limonadi,
Märzenbier und Winterradi,
weißn Sand, weißn Sand.

2. Nudlseicha, Sackuhrkettna, Federnstrauß,
Pomerantschn, Psalterbetna, guatn Schmaus,
Märznkatzn, junge Affn,
an Dudlsack zum Tanz aufmachn,
waar net aus, waar net aus!

3. Hosnleder, Butternöckl, Stiefiwichs,
rot' und blaue Kinderröckl, Kappispitz,
hölzerne Berchtesgadna Rößl
und an eisern Glaserkessl,
Feuerspritz, Feuerspritz.

4. Alte Leiern, Klarinettn, Besnstiel,
Schuasterpech und Mankeifettn, Kartngspiel,
guatn Kas und neue Liada,
Schnür und Hakn zu an Miada,
Petersil, Petersil.

5. Pfefferstupp und Fliagnwadl, Kanapee,
und a eiserns Krapfnradl, Kräutertee,
kloa' und große Tabakspfeifn
und an guatn Stoa zum Schleifn,
Malzkaffee, Malzkaffee.

6. Semminudl, Haarpomadi, Muskablüah,
Hafendeckl,Winterradi,Zwetschgnbrüah,
feine, kloane Sackuhrglasl
und zwoa g'spickte Kinihasl,
Schweizer Stier, Schweizer Stier.

7. Fazinettln, Sansnblätter – guate War,
Hemadknöpfi, Amuletter, Fakihaar,
Balsambüchsl, Butterfaßl –
und iatz trink ma no a Maßl,
aft is' gar, aft is' gar!

Text aus dem handgeschriebenen Liederbuch meines Vaters Josef Fanderl, Bader in Bergen, 1898. (Im Besitz von Karl Stief, Hochberg bei Traunstein.) Die Melodie hatte ich schon von Kind auf im Ohr. Vgl. W. Schmidkunz, Das leibhaftige Liederbuch. Erfurt 1938, S. 192. Kohl-Reiter, Echte Tirolerlieder, Große Neuausgabe 2. Bd., Nr. 106. Leipzig 1915.

Zuckakandl – Kandiszucker, *Himmibrand* – eine Art Weihrauch, *Pomerantschn* – Orangen, *Mankeifettn* – Fett vom Murmeltier in den Alpen, *Fazinettln* – Taschentücher.

He, Bäurin, is denn garneamd z'Haus

Hausiererlied

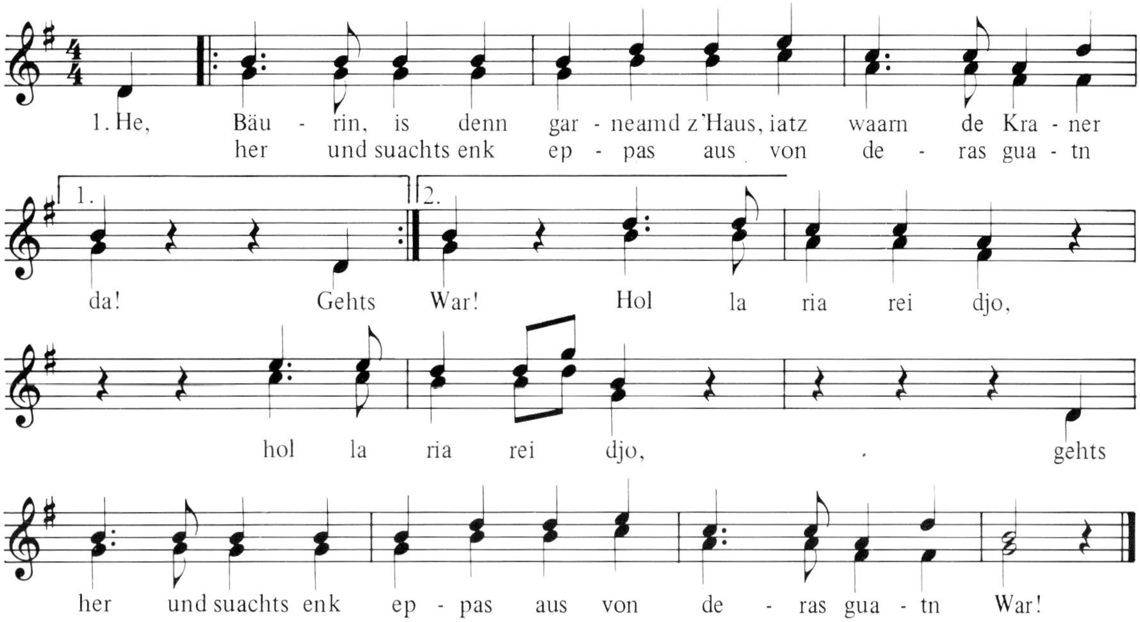

2. De Bäurin schreit de Dianan glei,
sie solltn acha (eina) geh;
sie sagt, iatz waarn de Kraner da,
dia ta'n an Gspaß vosteh.
Hol la ria rei djo . . .

3. An kloavodrahtn Röckizeug,
an solchan müaßts enk wagn,
der ghört grad für de Weibaleut,
dia gern was Bsunders tragn.
Hol la ria rei djo . . .

4. De Buama werdn grad oichischaugn,
und koana werd si z'tappn traun,
na habts halt deacht an Fried davo,
grad wohltoa werds enk scho.
Hol la ria rei djo . . .

5. Und z'wissn brauchts von alln nix mehr,
iatz pack ma wieda z'samm,
und aufs Jahr kemma ma wieda her,
ja wann ma 's Lebm no habm.
Hol la ria rei djo . . .

Aus dem Liederbestand des Sepp Buchner, vulgo Gamsei, Bergen. Mit »Kraner« sind möglicherweise die Wanderhändler gemeint, die aus Krain kamen, dem Gebirgsland im Becken von Laibach (slowen. Ljubliana). In einer Aufzeichnung aus Fieberbrunn in Tirol ist vom »Kramer« die Rede. Zeitschr. Das deutsche Volkslied, 18. Jg., Wien 1916, S. 54.

Kemmts her, alle Mentscha und Weiba

Der Öltraga Koibal

1. Kemmts her, alle Mentscha und Weiba,
   da Öltraga Koibal is da;
   er hat guate Wurzn und Kräuta,
   kafts mir an Melissngeist a(b)!
   Habts eppa gar grantige Manna,
   gehts her, und i gib enk an Rat,
   daß s' nimma mögn greina und grana,
   mei Mittl scho viel'n gholfn hat.

2. Geh her da, du stoanalte Kruckn,
   hast aa scho koane Zähnd mehr im Mäu,
   geh laß dir a weng einiguckn
   und sei nur zun Anschmierbm net z'fäu;
   aft will i da's treuli vasprecha,
   so frisch muaßt no werdn wia a Reh,
   und Zähnd muaßt ma kriagn wia a Recha,
   sist aa no weit brava als eh.

3. Kemmts her alle Mentscha und Dirna,
es seids ja sist aa seltn frisch,
oft toan enk de Buama recht zürna,
sie lassnd enk huckn am Tisch.
Kafts Balsam, kafts Wurzn und Kräuta,
a Pulva, Laxir für den Neid,
sist geh i mit meina War weita,
i woaß, daß' enk hintnachi reut.

4. Mögts eppa an Schneeberga schnupfn?
Gehts her, und i gib enk a Pris;
da werds enk net wenig darupfn,
ziahgt aba vom Schädl die Flüß'.
Ko oane koan Buam net bekemma,
is' eppa zweng liab oda rund,
da därfts grad a Nasn voll nehma,
aft lafns enk nach als wia d'Hund.

5. Da Koibal, der is gar a gscheita,
man siehgts eahm grad eppa net o,
er hat guate Wurzn und Kräuta
und hat enk oft z'guatn scho to.
Drum machts enk net gar so viel Muckn
und kafts 'n bei guata Zeit aus;
aft nimm i mei Krax aufn Ruckn,
geh lustig ins Zillatal z'Haus.

Steht im Liederbuch vom »Gamsei« in Bergen. Die Melodie hatte Schorsch Heindlmeier in Erinnerung. Wanderhändler preisen ihre Arzneien einer weiblichen Kundschaft an. Lit. Otto Kostenzer, Die Zillertaler Ölträger. In: Sänger- und Musikantenzeitung, 19. Jg., München 1976, S. 64.

Koiberl – Koseform von Jakob.

Vom Zillertal außa

1. Vom Zillertal außa, a lebfrischa Bua,
hab de Kraxn voll Mentscha, bring 's Luck nimma zua,
bei da Nacht,
hab des Kraxn voll Mentscha, bring 's Luck nimma zua.

2. Und 's Zillertal is koa Tal, is lei a Grabm,
schöne Dirndl waarn drinnat, heraußt sollt ma's habm,
bei da Nacht,
schöne Drindl waarn drinnat, heraußt sollt ma's habm.

3. Und im Zillertal drein mag koa Teifi net sein:
koa Mehl und koa Schmalz und koa Knödelfleisch zun Schneidn,
bei da Nacht,
koa Mehl und koa Schmalz und koa Knödelfleisch zun Schneidn.

4. Am Wegal a Lackal und 's Lackal voll Eis,
a schöns Dirndl a Jungfrau bleibm, ja, des kost an Fleiß,
bei da Nacht,
a schöns Dirndl a Jungfrau bleibm ja, des kost an Fleiß.

In den dreißiger Jahren gehört vom »Gamsei-Trio« in Bergen.

Mir lustign Buama

1. Mir lustign Buama mit fröhlichem Muat,
sand uns drei Brüada, mir hausn recht guat;
wir lieben das Reisen, unsa oanzige Freud,
wir lassen uns hören und zoagn a(r) a Schneid.

2. Is's Wegal vawachsn und 's Stegal vazäunt,
sollt mei Diandl lassn, sunst werdn ma d' Leut feind.
Und mei Diandl laß i net – leidn kinnst mi net!
I woaß scho wegn was daß i 's Diandl net laß.

3. Aft bin i schneidi zum Diandl gschlicha,
hab koan Grenza, koan Mautna, koan Weg net gschicha.
Des hab i voll Freudn mein Diandl z'liab to;
pfüat enk God, liabe Leutl, vazeichts ma's aft scho.

4. Z'Linz auf da Bruckn da geht da Gspoaß o,
da halt' mi da Mautna um an Mautzedl o.
I hab ja koan Zedl, i zahl a koa Maut,
i geht zu mein Diandl, gehts a wenn's enk trauts!

Ein Reiselied der Zillertaler Wanderhändler. 1984 vorgesungen von Georg Heindlmeier, Bergen, der es vom »Gamsei-Trio« in Erinnerung hatte.

Gibt es wohl ein schlechters Lebm auf Erden

1. Gibt es wohl ein schlechters Lebm auf Erden,
   trala dje huljo und trala djo,
   als ein armer Küahbua werden?
   Trala dje huljo und trala djo.
   Früah und spat muaßt ummalaufn
   und blitzblobe Milli saufn.
   Volla Hunga, volla Durscht
   muaß i oft früahmorgens furscht.

2. An ganzn langa Tag is ma voll Hunger,
   trala dje huljo und trala djo,
   kunierns oan aber do brav umma,
   trala dje huljo und trala djo.
   Kas und Brot, an etla Brockn
   und stoaharte Millinockn!
   Wenn a Rindl fallt in Grabm,
   muaß der Küahbua d'Schuld dro habm.

3. Kemman Knappn aufa oder Schützn,
   trala dje huljo und trala djo,
   bleibms ganze Nächt beinander sitzn,
   trala dje huljo und trala djo.
   Bier und Branntwein, ganze Fuadan
   und die ganz Nacht ummaluadan!
   Is des net a Teifislebm?
   Unseroan toans koa Tröpfei gebm.

4. D'Sennerinna san halt rechte Trümmer,
   trala dje huljo und trala djo,
   wers nia gsehgn hat, glaubats nimmer,
   trala dje huljo und trala djo.
   Herz ausschoppn, städtisch gwand'n,
   an A . . . aufschutzn wia die Antn.
   Jeds Teifiszeug fallt eahna ei,
   a jede möcht die Schöner' sei!

5. Und a Küahbua bleib i iatzad nimmer,
trala dje huljo und trala djo,
d' Sennerinna werdn ja all Jahr schlimmer,
trala dje huljo und trala djo,
singa, tanzn und guat kocha
und die Buama zuawalocka;
doch für mi hoaßts scho in aller Fruah:
»Du verdammter Teifisbua!«

Bekommen vom sangesfrohen Benno Ringsgwandl, Ruhpolding 1932. Vgl. M. V. Süß, Salzburger Volkslieder. Salzburg 1865, S. 69.

blitzblobe – blitzblaue, *kuniern* – kujonieren, verächtlich behandeln.

Redensarten

»Man ko net auf alles denka!« hat da Bauer von der Leitn gsagt, wia er aufs Korn-O'bau'n vergessn hat.

A Lehra oda a Bada – epps hat a!

Hab g'moant, des is a Naglschmied, weil so viel Köpf beim Fensta außaschaugn. *(Viele Kinder)*

Nudl und Knödl – des is a rund's Essn!

Bekommen von Willi Merklein, Taufkirchen b. Mühldorf.

Wenn i betracht die Zimmaleut

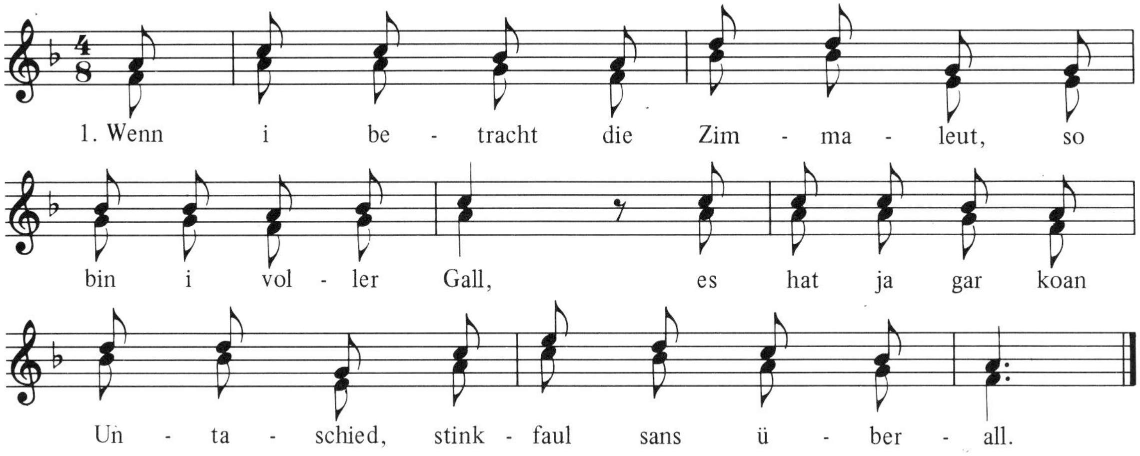

1. Wenn i betracht die Zimmaleut,
so bin i voller Gall,
es hat ja gar koan Untaschied,
stinkfaul sans übarall.

2. Sie kemmand mir wia d'Schneckn für
mit eahnan Langsamtoa,
sie tragn a Holz, san eahna vier,
taats oana leicht alloa.

3. Da oa, der schleift den ganzn Tag,
und nia hat er a Schneid,
und wann ma eahm a Wartl sagt,
na is der Kerl schwaar z'keit. (verstimmt)

4. Da anda meßt den ganzn Tag
als wia a wuida Stier,
er meßt ja gwiß den ganzn Tag
an oana Saustalltür.

5. Da anda scherzt die Dirna o,
glangt glei an Kittlsack,
da denk i mir: »O mei Zimmamo,
waar gscheita du nahmst d'Hack!«

6. Wenn die Bäurin dann zum Essen schreit,
da gehts halt so viel pfent, (hurtig)
wenn da wer vor da Stubmtür stand,
der wurad glei darennt.

7. Gibts Knödl und a weißes Brot,
gehts allweil: schlick, schlick, schlick!
Da wunderts mi – verzeih ma's God! –
daß koana net dastickt.

Aus Halsbach. Bekommen von Reserl Rothenaicher, Bruck bei Grafing.

I bin da Hans vom Welschnland

1. I bin da Hans vom Welschnland,
hab Wetzstoa, Siche, allahand;
was i in meina Kraxn trag,
is lauta guate War. Zum triaho . . .

2. Und wann i ins Gebirg neigeh,
da schreit die Senndrin auf da Höh:
»Geh, Bäurin, kafts an Wetzstoa a,
da Wetzstoahans is da!« Zum triaho . . .

3. Und hintn drein schreit Bäurin glei,
sie sagt, sie kennts am Greifn glei,
sie sagt, sie kennts ganz gwiß, ganz gwiß,
was a guata Wetzstoa is. Zum triaho . . .

Vorgesungen von Elfriede Huber, Hörzing bei Traunwalchen, 1986.

Wenn ma ins Fischn gehn

's Fischn in da Prean

1. Wenn ma ins Fischn gehn,
nehm'ma nix mit
als wia 's Wad und a Schaffi,
an Stoa und an Strick,
a Brot und an Branntwein,
der macht uns a Schneid,
und a bissei an Schnupftabak
unta da Zeit.

2. Fangen mir 's Fischn o,
verrichtn mir 's Gebet,
und no an Juchza drauf,
daß d'Langweil schnell vergeht.
Nacha gehts ins Wassa nei,
des muaß a Pritscha sei,
daß ma a Geld vodean,
drent auf da Prean.

3. Oana geht weit voraus,
der schaut an Auszug aus,
der jagt uns d'Fisch entgegn,
des is a lustigs Lebn!
Fisch hätt' ma nach da Schwaarn,
wenns no heraußn waarn,
daß's wieda weitagang,
waar insa Plan.

4. Da viert', der kimmt hintndrei',
dem derf ma allwei schrei':
»Alla, mitn Schiffi her!
Geht denn heut gar nix mehr?«
Zwoa ziahgn brav mit da Wad,
daß sie koan Stra' net hat,
daß ma koa Loch neikriagn,
grad untan Ziahgn.

5. Hie und da gschiachts a diam,
daß ma a Loch nei kriagn;
da werd halt gflickt und gnaht
und visatiert schö stad.
's Hersteh leid's gar net lang,
da ziahgts oan d'Flachsn z'samm,
friern tuats oan auf da Stell,
des gspürt ma schnell.

6. Znachst waar uns bald was gschehgn,
ham ma oan übasehgn:
Kimmt der in Gumpn nei,
möcht untan Wassa schrei(n);
der hat eahm gsuffa gnua,
warum macht a 's Mäu net zua,
Herrgod, hat der schiach to –
des g'freut uns no!

Vorgesungen von Anni Mayer, Brandnertochter von Hohenaschau, 1935. »Das haben der Poschner Hans, Müllerssohn aus Mühlthal bei Wildenwart, und der Martl Kaspar, gebürtig beim Kusen an der Ketten, immer gesungen.«
Das Lied schildert den Ablauf eines Fischzuges auf dem Prienfluß. Bis in die Mitte des vorigen Jahrhunderts hatte der Oberlauf des Flusses weite, fischreiche Ausbuchtungen. Dadurch war das Netzfischen »vom Schiffi aus« möglich. Die Rechte lagen bei den jeweiligen Herren von Schloß Hohenaschau, den Grafen Preysing (1610–1853), die eigene Fischmeister beschäftigten. Zu gewissen Zeiten im Jahr wurde die Prien abgefischt, wobei sich örtliche Helfer einfanden: ». . . daß ma a Geld vodean', drent auf da Prean.« (Frdl. Mitteilung durch Ludwig Frhr. von Cramer-Klett, Hohenaschau.)

Wad (dunkles a wie bei »grad«) – Wadlef, Fischreuse aus Garn.

Alla, Buama, jetzt müass' ma oas singa

Müllnerburschen-Klag'

1. Alla, Buama, jetzt müass' ma oas singa,
und kloavodraht kimmts gen daher!
Nix Schlechtas, als jetzt die Mühljunga,
des Handwerk, des rat i koan mehr.
Bald beklagt si da Baua mitn Kleiman,
bald beschwert si da Bäcka mitn Mehl,
bald hat ma des G'frettat mitn Weiban,
[: jetzt is' scho bald schlecht gnua, mei' Seel. :]

2. An Woaz sollt ma putzn wia Silba,
er is volla Stab und voll Mist,
's Korn is volla Kugl und Klebn,
bei da Gerstn woaßt z'erst net was' is.
Da sollst eah a Mehl davo macha,
recht weiß und recht guat und recht viel,
sie moan'd, es liegt grad an Oschaffa.
[: des anda vastehn sie gar nia. :]

3. Mitn Weiban is' nimma zun Lacha,
wenn s' kemman as Grein und as Klagn,
muaßt as ohörn, was will ma denn macha,
därf oana koa Wartl net sagn.
Oft oane moant, wann sie für d'Fratzn
a Koch macha ko an'ra Hitz,
doch kinnan de wen'gan was batzn,
[: des sag i eah deutsch untas Gsicht. :]

4. Es Bauan werds gent no was inna,
denn netta alls tean ma net leidn,
seids es wia da Teifi auf d'Müllna,
was solltn denn mir da o'schneidn?
Es toats nix, als an Mühljunga drucka,
mir müass'ma Tag und Nacht mahln,
und tats es mitn Trinkgeld rausrucka,
[: nacha liaß' ma uns aa mehra gfalln. :]

5. 's Mühljunga sei möcht oan vadriaßn,
es is von uns koana mehr z'neidn,
i will liaba vierzehn Tag büaßn,
als no a Zeit Mühljunga bleibm.
Es is aa oft weitas koa Wunda,
wenn oan da Vadruß übatrifft,
jetzt bin i scho zwölf Jahr Mühljunga,
[: aba recht hab i's seltn dawischt. :]

6. Z'letzt tua i aft na auf de Bauan
eahne Weiban, de nimm i dazua,
i denk ma, lang ko's nimma dauan,
begib mi wohl aa bald in d'Ruah.
Zum Schluß halt's ma fei nix vor Übi,
wenn si oana beleidigt befindt,
i denk ma, de Feindschaft geht übri,
[: bis wieda a andane kimmt. :]

1966 vorgesungen von Monika Scheck, Grassau. Auch die »alten Neukirchner« hatten es in ihrem Liederbestand.

Leut, was enk i will sagn

Handwerker-Gspött

1. Leut, was enk i will sagn,
   i woaß ma nimma z'ratn,
   mei Kopf fangt 's Surma o,
   weil i lauta Stroh drinn ho;
   d'Mäus arbatn a scho drinn,
   weil nia a Katz neikimmt,
   da Vastand laft ma aa davo,
   ja, was fang i o?

2. Znagst hat's mi sakrisch kränkt,
   hab i an alles denkt,
   an jede Handwerkskunst –
   de toan dir nix umsunst!
   De steign oan nei in Sack,
   wenn ma'n z'weit offn hat,
   gebm muaßt eah, was s' begehrn,
   wann sie's glei net vadean'.

3. Beim *Binder* gehts scho o,
   der möcht an Zwanzger Loh'!
   Herrgott, is des a Gfrett,
   bis oan der's Gschirr z'sammasteckt,
   d' Reaf' a weni oniklopft,
   de Klumsn mit Rohr vastopft;
   Wasser halt' a koa's drinn,
   weil a jeds Schaffi rinnt.

4. Bei de *Zimmerleut* is's aa so:
   da oani bohrt schö stad a Loch,
   da anda, der feilt sei Sag,
   dawei werds a so Mittag;
   da anda, der suacht ums Bei(l),
   schleifn tean allwei zwoa, drei,
   da anda, der juckt eahm 's Knia –
   gnädi is's nia.

5. Bei de *Maurer* is's die nämli Gschicht:
bis oana sein Stoa herricht;
da oani, der schnupft a Pris,
fragt, obs net elfi is,
da anda schreit: »Gehts her zum Tragn,
helfts ma mein' Stoa numtragn!«
So tragn fünf, sechs an oan Stoa,
trugn oana leicht alloa.

6. Beim *Schmied* bist aa o'gschmiert,
wennst von eahm an Konta kriagst,
weil er de Kreidn doppelt nimmt,
wenn ma was in d'Schmittn bringt.
Zum Pfluag richtn hat a gar koa Freud,
bald geht er z'tiaf, bald geht er z'weit,
zum Roß bschlagn hat er z'weni Ruah,
vaschneidt eahn an Huaf.

7. Da *Wagner* macht aa a G'fraßt,
wo hint und vorn nix paßt,
windschiaf hängt's Rad am Wagn,
was sollt ma da no sagn?
Deichsln machns allsam z'kurz,
d' Räda san ohne Sturz;
kemmas mit da Rechnung dann,
werd da angst und bang!

8. Da *Drechsler,* der is recht,
foppt d'Weiber her net schlecht:
's Spinnradl is schnell z'sammgricht,
wenn's aa glei wieder bricht.
Filzn tuat er's aa so schlecht,
daß's koani datretn möcht,
bald geht alls aus'n Leim,
d'Weiba toant grein'.

9. De *Müller* san aa so hell,
de stehln de Bauern 's Mehl,
drum san oft d'Säck so laar,
mahln teans halt aa net z'rar;
in da Sag, da tuats aa oft fein (fehln),
weils a jeds Bred voschneidn,
d'Schwartling ghaltns a no selm,
samt eahnan Stehln.

10. Da *Bäck',* der ko's aa net recht,
's Brotbacha ko er schlecht,
d'Loawin macht er viel z'kloa,
ko'st s' ganzer ins Maul neitoa.
Auf de Brezn kimmt z'weni Salz,
liaba no mehra Schmalz;
und d'Haar im Brot sand so guat,
daß' oan bald grausn tuat.

11. Da *Schneider* in da Stubn drinn sitzt,
mehra von da Bank abanützt,
bis der an Fadn ei'famt,
oana leicht auf Ötting kam.
Von Schneider hast an größtn Schadn,
Holz ko'st gar net gnua habm,
ei'hoazn muaßt so wüast,
daß 's Luada net dafriast.

12. Und d'*Nahderinna* könnas gar so fei',
de lüagn oan an Hals voll ei':
»Bäurin«, sagns, »du, des is schö,
des tuat da guat o'steh!«
So lüagns den ganzn Tag,
von da Fruah bis auf d'Nacht,
na laufns von Haus zu Haus,
richtns recht aus.

13. Da *Rechenmacher* ist aa no da,
der machts mit de Deanstbotn a(b):
»Leut, hauts brav Recha z'samm,
daß mir an Arbat ham!«
Mit da Arbat gehts net gnau,
besser gar net nachischau',
d' Rechazähnd wackln all,
mir kimmt de Gall!

14. Da *Schuaster* is erst da recht,
der flickt d'Schuah her so schlecht,
d'Fleck grad a weng onihängt,
daß 's Wasser einirennt.
Da *Sattler* hats aa scho los,
möcht grad de woaza Kost,
für den is de rogga z'guat,
weil er gar so fäu tuat.

15. *Wirt* und *Bräu* san aa so gscheit,
dia stimmen her de Leut,
da Bierschaum werd recht auftriebm,
daß's liaba abirinnt,
Wasser werd aa drei gsprengt,
so werd's de Leut o'ghängt,
daß d' koan mehr s . . . siahgst,
weilsd' d'Harnwindn kriagst.

16. De *Bauernknecht* san arbatssper,
sie kemman vom Nachtigen her;
verlangen brav großen Loh',
von da Arbat ziahgn sie davo.
De *Bauern* san rechte Schwanz,
sie ham lange Rosnkranz,
Hättn gern d'Religion im Haus,
rutschn selber oft aus.

17. D' *Musikantn* kriagn 's höchste Lob,
de toan ums Geld so grob,
sie pfeifn an so an Mist,
daß's kam zum ohörn is.
Sie dudln auf schö stad,
daß's eahna d'Fotz aufblaht,
grad als wia d'Schaf beim Schern,
wanns um d'Lampi recht plärrn.

Von diesem Spottlied ist der Dichter bekannt: Es ist der 1896 verstorbene Holzknecht Balthasar Auer, gen. Rieger Waltl von Unken, Land Salzburg. (Zeitschr. Das deutsche Volkslied, 16. Jg., Wien 1914, S. 151. Dort 11 Strophen.) Das Lied hat sich in Ober- und Niederbayern sowie in der Oberpfalz stark verbreitet. Kiem Pauli zeichnete es mit 10 Strophen in Gaißbach bei Tölz auf. Im Laufe der Zeit sind Strophen dazugekommen, die nicht vom Unkener Volksdichter stammen. Eine in der Sänger- und Musikantenzeitung (18. Jg., S. 35) veranstaltete Umfrage erbrachte obige 17 Strophen.

Vor fuchzig Jahrn, da war in Zell …

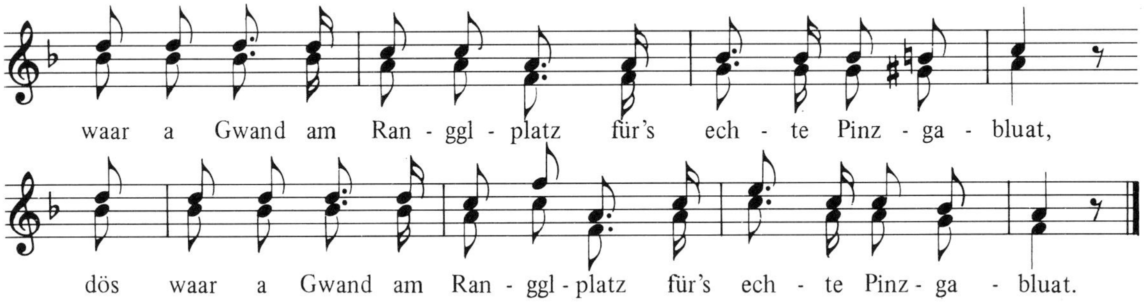

1. Vor fuchzig Jahrn, da war in Zell a ganz a anders Sein,
da war no alles recht und guat, aber heut is alles Schein;
der Bürger war zur selben Zeit dem Bauern völlig gleich,
Vorsänger: der Unterschied war net so groß,
Nachsänger: ob arm oder reich.
Vorsänger: Das starche Lodengwand,
Nachsänger: was damals tragn hamd,
Alle: an Haftlrock, die blauen Strümpf und a die Zipfihaubm,
die machen Platz dem schwarzen Frack, man möcht dös gar net glaubm;
an steifen Kragn im Pinzga da und an Zylindahuat,
[: dös waar a Gwand am Rangglplatz fürs echte Pinzgabluat. :]

2. Ein Kränzchen nennt man heut in Zell den nachstn bestn Tanz,
a Streichorchester spielt dazua, dös is da höchste Pflanz;
die Tanzl, die stehn am Programm, sie san von Johann Strauß,
Vorsänger: a Damenwahl is a dabei!
Nachsänger: Wer kennt si da no aus!
Vorsänger: Die alte Gmüatlichkeit,
Nachsänger: sie is verschwunden heut!
Alle: Die Melzn san die Damen heut, die Buama san die Herrn,
sie ziahgn si weiße Häntling an, wann sie an Tanz begehrn;
a jeder macht a Kompliment, der oane fragn tuat,
[: auf so an Tanz is heutzutag koa Tropfn Pinzgabluat! :]

3. Wer heut in Zell ins Wirtshaus geht und net Französisch ko,
der schafft si aus der Kuchl glei scho liaba garnix o;
wennst da die Kellnarin fragn tuast, was's drauß' zan essn gibt,
Vorsänger: da bringans glei die Speisnkart,
Nachsänger: denn redn toans da nit.
Vorsänger: Die Speisn, die da drobn stehn,
Nachsänger: die kann bei uns koa Mensch verstehn:
Alle: A Omlett, schreibm s', ja mit Gelee oder gar a Naturell,
a Rumsteak mit ana Kapernsoß, a saure Haringsseel,
a Froschbruat in ana Büchsn drin, daß's oan glei grausn tuat,
[: des waar a Kost zum Holzngehn fürs echte Pinzgabluat! :]

4. Wer heut in Zell was sehen will, muaß ins Theater gehn,
der ko si für sein Wochnloh' zwoa Stund hint cini stehn;
a Oper hoaßt des neue Gspiel, wenn oane recht laut schreit
Vorsänger: und mit de Füaß in d' Lüftn schlagt
Nachsänger: im kurzen Seidenkleid;
Vorsänger: drauf paschens in die Händ',
Nachsänger: wenn's a koa Mensch nit kennt!
Alle: Vor Zeitn war in Pinzga da das Ranggln unsa Gspiel,
a Hohnaborn, a Perchtntanz, a Alte-Weiba-Mühl,
aber heutzutag is's zehnte Gspiel den Leutn neama guat,
[: es is im ganzn Zell am See koa Tropfn Pinzgabluat! :]

Um die Jahrhundertwende gedichtet von Karl Bader, Schustermeister in Zell am See. Er beklagt die Einwirkungen des Fremdenverkehrs auf die herkömmlichen Volksbräuche.
Das Pinzgauer Lied ist schon bald im oberbayrischen Inzell heimisch geworden. Es gehört seit langem zu den Stammliedern der »Falkenstoaner«, die es von den alten »Fischerer Sängern« übernommen haben. Ich bringe diesen »Protestsong« weil ihm heute noch, nach 100 Jahren, eine gewisse Aktualität nicht abzusprechen ist.

Auf da Welt is's gar nimma zum sei

D'Hirba

1. Auf da Welt is's gar nimma zum sei,
meinatwegn fallts heut no ei,
weil ma allweil saunoti is,
anda Leut ham Geld wia Mist;
mei Vata is scho lang auf da Welt,
hat g'hat no nia a Geld,
uns tatns es in Übi habm,
sollt ma mir koa Geld habm.

2. Iatz san uns no zwoa dahoam,
wiss' ma uns oft nimma z'toan,
gibt uns koa Mensch Kredit,
drum ham ma a koa Glück;
D'Hirban is aa so schlecht,
daß' uns frei z'sammfalln möcht,
kannst as scho kracha hörn,
a so hängts nach z'wern. (nach der Seite)

3. ’s Haus is in d’Erdn einigsunka,
rings von Kout und Wasn umrunga,
da is’ vor’n Ei’falln gschützt
und vor da größtn Hitz;
vorn, an da obern Tür,
häng’ man a Blachan vür, (Plane)
da gehn ma aus und ei’ –
braucht uns neam’ z’schrei.

4. An Küahstall is’ wieda a so:
’s Gwöl hat a mords Trumm Loch,
is ganz bis aufe z’klobm, (zerspalten)
sehgt ma bis an obern Bom; (Boden)
z’nachst ham ma ’s Leima probiert,
des hat aa nimma o’grührt,
’s Loch is allaweil größa wordn,
da wünsch guat Morgn!

5. Am Stadl san ma selm dro schuid,
(schuld)
da ham ma am längstn g’wuit,
(gewütet)
den schneidn ma schö langsam z’samm,
daß ma was zon Ei’hoazn ham;
siebm Jahr müass’ ma ’s Holz scho sparn,
aba mir ham d’Stubm schö warm,
ja, a so machans mir,
wia de Flinsinga schier. (Name)

6. Mit da Hüttn is’s a solchas Kreuz,
daß’s koa größas nimma geit, (gibt)
müass’ ma allwei spreizn dro,
des rührt oft aa nimma o.
D’ Schupfn hat’s übaridraht,
an Schnee hat’s aufs Heu einigwaht,
is ’s Heuschneidn wieda net guat –
ham a so net viel Muat.

7. An Mist sollt ma aa no fahrn,
da nehm’ ma an Odlkarrn,
da is guat außatoa,
des werd a schöne Zoa. (Zeile)
An Wagn mit drei Räda,
ganz dafeite Mistbreda,
an da Sadlseitn koa Kipf, (Stütze)
müass’ ma fahrn, daß’s neamd siehgt.

8. In d’Mühl sollt ma aa no fahrn,
ham grad no an Metzn Korn,
und nacha müass’ ma bedln geh,
des nimmt si aus recht schö!
Gehn ma von Haus zu Haus,
gebm ma uns für Obrandla aus,
(Abgebrannte)
mach’ ma de Leut rechte Schweng,
(Schwänke, Lügen auftischen)
daß uns vui gebm.

9. An da Arn san de Zähnt vabogn, (Egge, Zähne verbogen)
in da Schmittn waar's längst scho obn, (Schmiede)
an Pfluag is koa Grindl nimma drin,
(Vorrichtung zur Pflugschar-Feststellung)
kinn' ma nimma stecka – da geht's g'ring!
D' Acka san sterbns voll Gras,
untafilzig und recht naß,
d' Felda san a so dawuit, (verwühlt)
daß 's Schöin aa nimma hilft. (Schelten)

Ein sog. Fopperlied: Zwei sicherlich gutgestellte Brüder schildern ihren Besitz so, als befände sich alles in einem grauenvollen Zustand.
Das Lied ist entlang der Traun und der Alz überall bekannt, zumindest in Bruchstücken. Hier ist es so aufgeschrieben, wie es Loni und Martl Meier in St. Georgen a.d. Traun schon seit den dreißiger Jahren singen. Um diese Zeit hörte ich es auch von der Diener Walli in Feichten. Dort war es ein Leiblied des alten Fehenberger, in das auch sein Sohn Lorenz, der gefeierte Kammersänger, gern mit einstimmte, wenn er auf Besuch heimgekommen ist. Vier Strophen bekommen von Reserl Rothenaicher, Grafing. In Halsbach, wo sie aufwuchs, ist das Lied in Teilen bekannt.

Hirba, Hirban – Herberge; hier abschätzig für ein heruntergekommenes Bauernsach.

Im Wirtshaus

»Mei Alte ko kocha, was s' mag«, hat oana gsagt, »des wird allweil a sauerne Leber!«

»Wia da (N. N.) amal von da Musiprob' ohne Rausch hoamkemma is, hatn sei eigener Hund bissn.«

Bergen

Znagst hab i ma d'Schneid amal damisch voletzt

Heumahder-Gsang

1. Znagst hab i ma d'Schneid amal damisch voletzt,
hab den ganzn Tag gmaht und nia danglt und gwetzt;
aft hab i mi wied'ramal andasta draht,
hab den ganzn Tag gwetzt und nia gmaht.

2. Aft is a halt kemm' und hat garetzt, da Alt',
weil i den ganzn Tag wetz und koa Schneid net dahalt,
bald z'viel und bald z'weni, g'recht oanawegs nia,
aft bi i eahm doscht durch in da Früah.

3. Den nagstn Tag bi i halt kemm'r auf a Nois,
hon vormittag danglt und gwetzt hübsch a Bois
und na'mittag hon i brav g'arbet und g'schanzt,
auf d'Nacht mit da Mentschin umg'schwanzt.

4. Wer ins Heumahn möcht geh, ja, dem sag is scho glei,
der muaß schoa Schneid habm für zwo oda drei,
der muaß 's Dangln vosteh und an Wetzstoa guat führn,
aft werd'n sei Schneid net blamiern.

5. Aufs Gassl bin i ganga und ho mi vospat',
wiar i hoamganga bi, hams scho übarall gmaht,
da hon i ma de Pfoad üban Kopf einaghängt,
vo hint hat mi Mensch koana kennt.

6. Mir is' scho oa Ding, wann de Welt untageht,
weil in ganzn Land Salzburg koa treu's Dianei steht,
drum drah i mi iatz auf a andane Seit
und schau, obs doscht aa koane geit.

Vorgesungen von Sepp Kammerlander, Ruhpolding.

Hausinschriften

Gott segne dieses Haus
und die da gehen ein und aus.

Red nichts aus dem Haus,
red nicht in das Haus,
dann ist der Friede in diesem Haus.

Meßnerbauer in Bergen

Ja, Dirn, willst du so machtig sei

Die Bäurin und die Dirn

Bäurin:
Ja, Dirn, willst du so machtig sei,
und bist ein armes Kind;
[: schau, bild dir dös grad selba ei,
die Hoffart is a Sünd! :]
Du steigst daher in Samt und Seidn,
dös bringt da ja grad Spott!
[: Dei Muatta muaß oft Hunga leidn, hat
kam a Stückal Brot. :]

Dirn:
Ja, Bäurin, du redst woltan g'scheit,
dös hon i scho dalost!
[: Schau, wann mei Muatta Hunga leidt,
voschaff ihr du a Kost! :]
Und is mei Gwandl ziemli ra' –
du brauchst ma's ja net zahln!
[: I wett, wenn i dei Tochta wa',
i tat da scho guat gfalln! :]

Bäurin:
Dei Schnappn, du, dö kenn i scho,
i habs scho oft gnua ghört,
[: an Schnadan ko dir koane o,
sunst bist koan Batzn wert! :]
Im Küahstall, da bist a stinkfäu,
dö Küah san rankndürr,
[: es tat bald not i hialt da 's Maul,
du machtigs Trampltier. :]

Dirn:
Iatz kimmst ma du mitn Küahstall her,
da mahnst mi netta dro,
[: daß deine Nudln san so sper,
koa Trupfa Schmalz is dro. :]
I woaß gar net, wer d' Milli frißt,
dö Katzn oda d' Hund,
[: daß d' Suppn oft so waßrig is,
daß ma's kam schlündn kunnt. :]

Bäurin:
Was braucht denn so a Küahstall-Dirn
a G'schickat und an Stoff?
[: Du hast ja koan Vastand in Hirn,
so weng als Haus und Hof. :]
Und wenn's du gar a Bortn tragst
als wia a Gabalier
[: und z'letzt, wannst nimma weita magst,
muaßt umi ins Quartier. :]

Dirn:
Dei Lehr, mei Bäurin, denk nur dro,
dö werd da selm no taugn,
[: wends' nur auf deine Töchta o,
du derfst ma's sicha glaubm. :]
Sie kemman scho so g'schaftig her,
und gfallt eah 's schöne Gwand
[: weit bessa als dei Kindalehr,
weils a scho d' Hoffart hamt. :]

Bäurin:
Mei liabe Dirn, i woaß da's z'sagn,
du werst as scho dafragn,
[: du gehst no um das Bedlbrot,
weil du nix mehr hast z' nagn.:]
Kimmst aba vor mei Haustür her,
aft treib i erst mei G'spött,
[: sag: »Meine Nudl san so sper,
geh furt, sie taugn da net!« :]

Dirn:
Ja, Bäurin, du redst woltan viel
und kennst di do z'weng aus,
[: wo tuat ma denn dö Bauan hin,
wenn oana kimmt vo' Haus? :]
's Quartier, des hat koa Narr aufbracht,
is nöt alloa für mi,
[: wenn Glück und Segn entweicha toan,
ko's treffa a wohl di. :]

Vorgesungen von Monika Scheck, Grassau. (Siehe S. 157 »Der Liederschatz eines Rupertiwinkler Bauerndirndls«.)

Quartier – Armenhaus.

Und is da Winta gar

1. Und is da Winta gar, fangt scho 's Fruahjahr o,
   freut si alles auf die greane Alma scho,
   is' ja nimma lang, is' ja nimma weit,
   wo ma's auf die greane Alma treibt.
   Dri di ri dul jo, ho la rei dul jo . . .
   wohl auf da Alm.

2. Ja, richts no alles z'samm, richts no alles her,
daß ma ja balei koan Tag vosamant mehr;
unsre Kuahlein all in eahn' Wintastall,
vor lauter Zeitlang plärrn sie schier allmal.
Dri di ri . . .

3. Und wann da Kuckuck schreit, is die schönste Zeit,
weil ma Küah und Kalma auf die Alma treibt;
mit an frischn Muat die Sennin jodln tuat,
auf da steirischn Alm, da gfallts ma guat.
Dri di ri . . .

1986 vorgesungen von Sepp Kammerlander, Ruhpolding. (Siehe S. 162 »Der Kammei«.)

Wie die Sonne steigt

Neujahr am an Hoh'tritt
Dreikönig um an Mo'schritt
Sebastiani um an Hirschensprung
Lichtmeß um a ganze Stund

Wann da Schnee von da Alma weggageht

1. Wann da Schnee von da Alma weggageht
und im Fruahjahr wieda alles grean dasteht,
wann ma's läutn hört, die Kuahlan und die Kalm,
ja, aft gehn ma's wieda auf die Alm.

2. 's is a Freud, wann ma siehgt die Sunn aufgehn
und die Lerchlein in da Höh schö drobmat stehn,
und wann aftn na da Moasta Kuckuck schreit,
glaubts ma's, liabe Leut, des is a Freud!

3. Wann da Gamsbock her üban Riegl springt
und die Sennerin so schöne Liada singt;
wann da Jagasbua steigt aftn aufn Berg,
schreit die Sennerin: »Geh her nach zwer(ch)!«

Text im handgeschriebenen Liederbuch der Theres Leidl von 1872, ohne Ortsangabe. Befindet sich im Nachlaß des Bergener Sängers Martin Haustätter, † 1913. Melodie nach einer heute verbreiteten Fassung. (Siehe S. 158 »Der Gamsei«.)

Juhizer von den Berchtesgadener Almen

Berchtesgaden. Aus dem Liederbuch des Hofschaffer-Linerl von 1911.

Das Motiv des ersten der vier Juhezer (Anrufe) verwendete Felix Mendelssohn Bartholdy (1809–1847) – etwas figuriert – in seiner Hebriden-Ouvertüre:

Aus: A. Helm, Das Berchtesgadener Land im Wandel der Zeiten. Berchtesgaden 1929.

O wia schön is's Gebirg

1. O wia schön is's Gebirg, wo mir Brüada her sand,
   ja, mir sand halt kreuzlusti, ham oa Herz und oan Sinn.
   Und i steig ins Gebirg, wo das Wildbrat umschleicht,
   ja, des is halt dem Schützn sei oanzige Freud.
   Drei ho la ri, hui di ri dl du i jo, . . .

2. Und mit fröhlichem Herzen steig i 's Gamsgebirg o,
ja, i tausch mit koan Burger, mit koan Bauersmo,
denn da Schütz im Gebirg, ja, der hats halt so fei',
denn er braucht nix einz'liefern, was er schiaßt, des ghört sei'.
(Jodler)

3. Und wann halt am Himmi koa Stern nimma leucht
und da Gamsbock schö stad übers Gwänd einaschleicht,
da nimm i mei Stutzal und geh da Alm zua;
schreit ma d'Senndrin von weitn: Grüaß di God, liaba Bua!
(Jodler)

1986 vorgesungen von Sepp Kammerlander, Ruhpolding.

Schö und lusti hat's a so a Jagasbua

Pattenberger Jagaliad

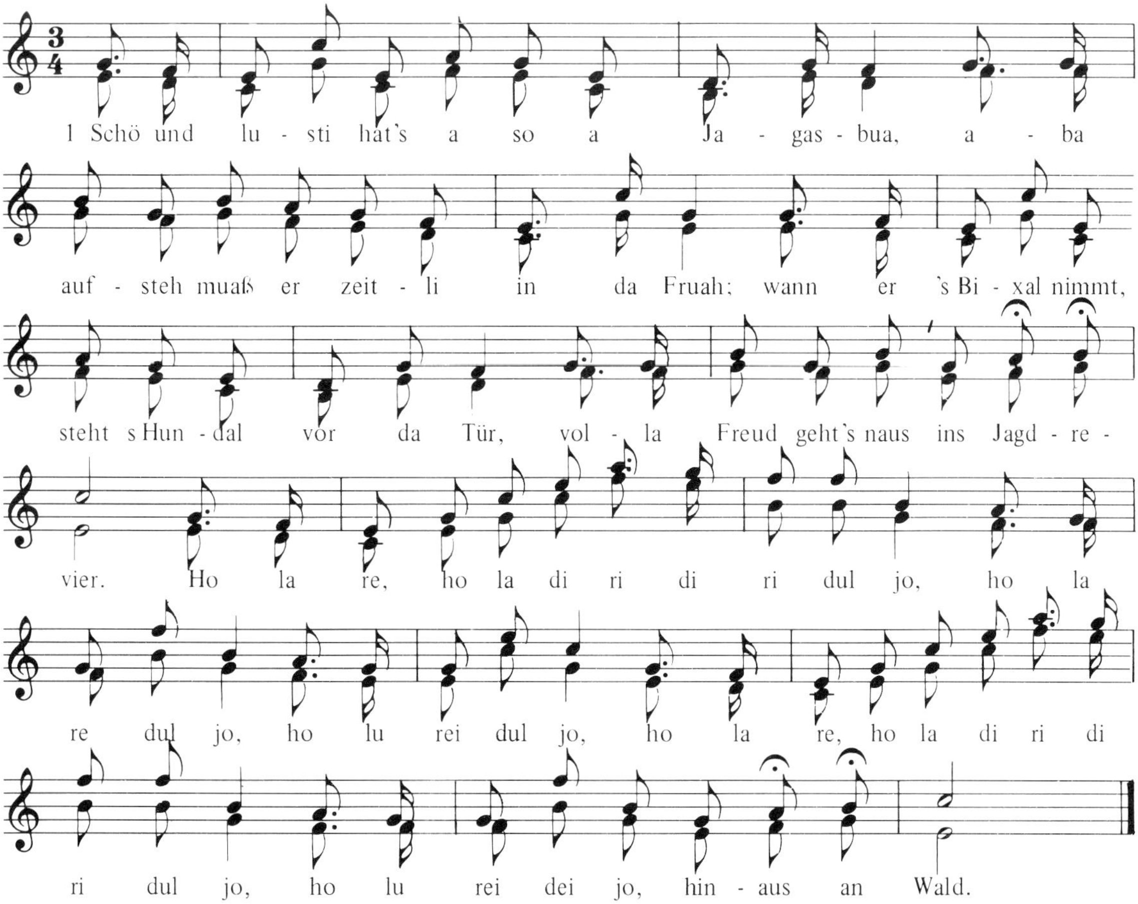

1. Schö und lusti hat's a so a Jagasbua,
aba aufsteh muaß er zeitli in da Fruah;
wann er 's Bixal nimmt, steht 's Hundal vor da Tür,
volla Freud geht's naus ins Jagdrevier.
Ho la re . . . hinaus an Wald.

2. Wenn die Birkn treibm, hams greane Knospn dro,
und bei finstrer Nacht balzt scho da Auahoh,
kimmt da Ringltaubra und da Ahuhu,
und da Voglhabi schreit »Guggu!«.
Ho la re . . . tiaf drinn im Wald.

3. Wenn da Fuchs vom Gliega zu de Häusa schleicht
und vor Hunga weder Liacht no Finstan scheucht,
da därf de Bäurin d'Henna alle treibm in Stall,
denn da Fuchs is schlau und fangt ihrs all.
Ho la re . . . und werd net zahlt.

4. Wenn de Gamsal stroafand übas Felsngwänd,
und de Hirschal grasnd in da Bloaka stehnd,
wenn da Rehbock laut ja üban Holzschlag schreit,
fix!, is des a Freud für d'Jagasleut!
Ho la re . . . üba Berg und Tal.

1961 vorgesungen von den Ehepaaren Anna und Georg Ramstötter sowie Burgi und Ulrich Ramstötter von Neukirchen am Teisenberg. Sie haben es von den »Alten Neukirchnern« übernommen. Zu diesen Sängern stieß in den zwanziger Jahren Willi Vachenauer, der in der Einöde Pattenberg, oberhalb Bergen gelegen, daheim war. Er hat das »Pattenberger Jagaliad« nach Neukirchen gebracht. (Siehe S. 163 »Die alten und die jungen Neukirchner«.)

Bloaka – »Stelle eines Berghanges, an welcher sich die Dammerde losgerissen hat, so daß der Sand oder das nackte Gestein zum Vorschein kommt.« (A. Schmeller)
Gliega – Fuchsbau.
Ahuhu (?)

Im Wald draußt, da is ja mei Leben

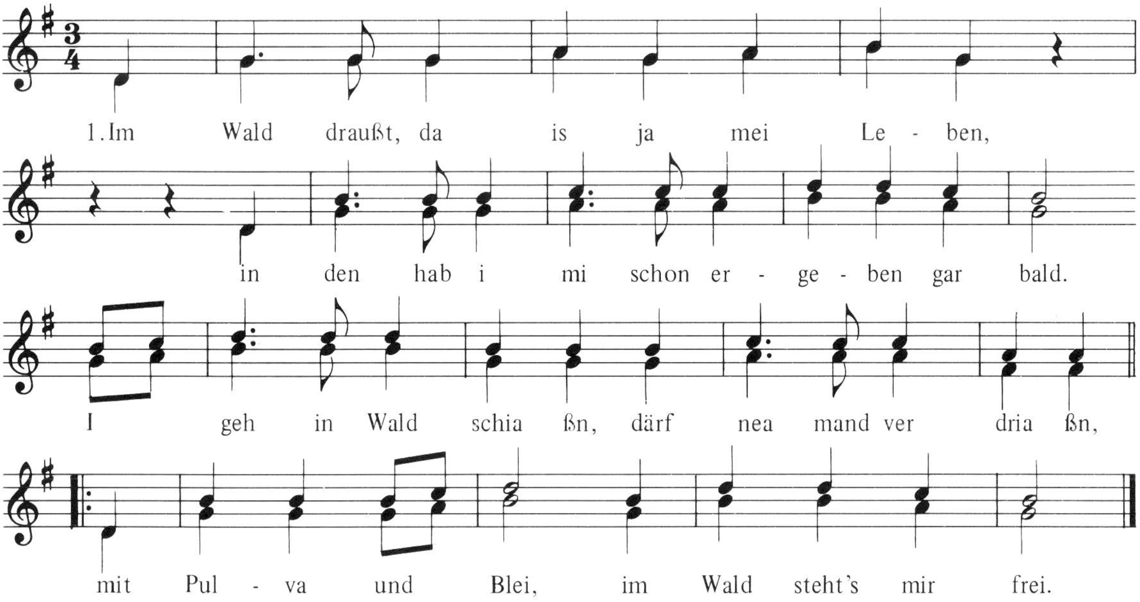

1. Im Wald draußt, da is ja mei Leben,
in den hab i mi schon ergeben gar bald.
I geh in Wald schiaßn,
därf neamand verdriaßn,
mit Pulva und Blei,
im Wald stehts mir frei.

2. Wenn i morgens fruah in den Wald gehe,
da seh ich ein Hirschelein stehen von fern;
mei Bixal muß knallen,
das Hirschlein muß fallen;
mit Pulva und Blei,
im Wald stehts mir frei.

3. Und als ich das Hirschlein geschossen,
da kommt schon der Jäger gelaufen daher;
er kann ja kaum laufn,
er kann ja kaum schnaufn;
»Du Wildschütz halt ein,
das Hirschlein ghört mein!«

4. »Ei, Jäger, geh pack di von dannen,
dein Leben, das will ich verschonen in dem Wald!«
Solang mir das Leben
von Gott ist gegeben,
so lang läßt mich nicht
mei Bixal in Stich.

5. Die Nacht, die tut sich hereinschleichen,
die Sternlein am Himmi, die leuchten so hell;
hab i nix mehr zum Jagn,
dann leg i mi schlafn,
begib mi zur Ruah,
mei Stutzibixl dazua.

6. Allhier kann ich nimmer lang bleiben,
's Wildschiaßn, des muaß i aufgeben gar bald;
muaß in die kühle Erden,
verscharrt muaß i werden,
der B'schluß ist gemacht,
mei Stutzibixl, guat Nacht!

1971 bekommen vom sangesfreudigen Gastwirt Schorsch Kasmannshuber in Heldenstein bei Mühldorf. In seiner Gaststube hat es der Angstl Leonhard, Brindlbauer von Glatzberg, oft gesungen, auch noch, als er bereits auf den Neunziger zuging.

Hausinschriften

Wer bauen will an Weg und Straßen,
der muß die Leute reden lassen.
Ich habs gebaut nach meinem Sinn,
wems nicht gefällt, der schau nicht hin!

Auf dem ehem. Schweizeranwesen in Nußdorf bei Traunstein

Dies Haus ist mein und doch nicht mein
Es wird auch nicht dem Zweiten seyn
Dem Dritten geht es so wie mir
Wenn der Tod klopft an die Tür
Den Vierten tragt man auch hinaus
Nun frag ich: Wem gehört dieß Haus?

Am alten Schipfl-Zuhaus in Bergen

Bua, wannst willst an Hohpfalz geh

1. Bua, wannst willst an Hohpfalz geh,
da muaßt fruah aufsteh,
da muaßt aufsteh wohl vor dem Tag,
[: ja bis daß d' auffikimmst wohl auf den selbign Platz,
wo da Schildhoh seinen Pfalzplatz hat. :]

2. Ja, und da Schildhoh ist a Vogl,
is a wundaschönes Tier,
[: ja er hat weiße, schwarze, krumpe Federn,
und de Federn, de gfalln mir. :]

3. Ja, und das Hohnaschiaßn is mei größte Freud,
weil's beim Hohnaschiaßn schöne Federn geit;
[: ja und de Schildhohfedern ham ja alle gern,
aa in da Weanastadt de größtn Herrn. :]

Gehört zu jenen Liedern, die in den zwanziger und dreißiger Jahren in den Bergener Wirtshäusern mit Vorliebe angestimmt wurden.

Auf, auf, liabe Schützen

Schildhohpfalz

1. Auf, auf, liabe Schützen, heut gehn ma in Wald,
ja weil halt da Schildhoh bald wiedarum pfalzt.
Machts enk nur schleunig auf, heut müass' ma fort,
ja, daß ma fei z'sammtreffn am b'stimmtn Ort.

2. Bixal, Schröt und Pulvahorn hab i bei mir,
iatz müass' ma gen schaugn, wia's steht ums Nachtquartier.
Wann's jedn recht is, so bin i's halt gsinnt,
heut nacht bei da Sendrin bleibm, de ghalt uns gschwind.

3. Z' Morgens, in alla Fruah, hör i a G'spiel,
da oa groglt laut und da oa groglt still,
groglt und groglt und draht allwei o,
mei Bixal hat knallt, eh er aufhört, da Hoh.

4. Iatz is halt de Schildhohpfalz a wieda füa,
so jung daß i bin und so alt daß i wir',
freut mi nix bessa als d' Fedan vom Hoh,
daß mei Diandl woaß, daß i ar a Schneid ho.

5. Iatz is halt de Schildhohpfalz a wieda aus,
beim Hoamgeh da reiß' ma eahm d' Schwoaffedan aus,
steckan s' an Huat, san sie krump oda grad,
koa frischa Bua auf da Welt, der net oa hat.

1966 vorgesungen von Monika Scheck, Grassau. Vgl. M. V. Süß, Salzburger Volkslieder. Salzburg 1865. Dort acht Strophen ohne Melodie.

»'s Bruathenn-O'setzn«
Drischlegspiel

In der Stube sind mit Stroh gefüllte Töpfe oder Kübel aufgestellt. Der Spielleiter wählt unter den anwesenden Weiblichkeiten »Bruthennen« aus, die sich der Reihe nach in ihr »Nest« setzen und gackern müssen. Beim letzten ist meistens diejenige dran, die am schönsten angezogen ist. Sie weiß nicht, daß ihr Topf bis dicht unter das Stroh mit Wasser gefüllt ist . . .

Aus der Gegend von Halsbach. Mitgeteilt von Reserl Rothenaicher, Bruck bei Grafing. (Siehe Anmerkung zu »Mei liaba Scholi!« S. 176.)

Was kunnts no gebm a rundas Lebm

Der Brandner Beni

1. Was kunnts no gebm a rundas Lebm,
   wer Wildprat schiaßn ko?
   Da tuats des schönste Geld a' gebm,
   sagn alle Leut davo, dulje,
   da tuats . . .

2. Und wann i geh ins Gamsgebirg,
   mei Hüatl setz i auf,
   i kleid mi wia a Jagasbua,
   steck Spielhohfedan auf, dulje,
   i kleid . . .

3. Und wia's ma znagst hat ganga schlecht,
   laßt's enk den Gspoaß vozähln:
   san Jaga kemma, stuckara vier,
   und ham mi fanga wölln, dulje,
   san Jaga . . .

4. An Hund, den hetzns her auf mi,
   der sollt mi gfanga habm,
   i drah mei Büchsal übasi
   und hab an Hund daschlagn, dulje,
   i drah . . .

5. Na hab is glei a so daflickt,
   ham Nasn kriagt wie d'Madaköpf
   und Schedl wia de Dudlsäck
   hams kriagt de Jagaströpf, dulje,
   und Schedl . . .

6. O meine liabn Jagasknecht,
   gehts nimma ins Gamsgjoad,
   bleibts liaba in da Stubm dahoam,
   da gschiacht enk gwiß koa Load, dulje,
   bleibts . . .

1964 vorgesungen vom Aicher Kaspar und seiner Frau, Schusterleut in Ebnat am Sagberg bei Frasdorf.

Kloane Kugein giaßn

1. Kloane Kugein giaßn, große Gamsein schiaßn,
schöne Dianein liabm, müass' ma alls probiern;
daweil ma jung no san, mach' ma uns des G'scher,
wenn ma alt san, gfreut uns z'erst nix mehr.

2. Und beim erstn Kasa bin i niedagsessn,
und beim zwoatn Kasa hab i Milli gessn,
und beim drittn Kasa war ma d' Senndrin recht –
sitzt a Jaga drinn mit seine Knecht.

3. Die Senndrin hat net traut, sie hat oft außigschaut,
sie siecht mi 's Gamsei tragn und traut si do nix z' sagn.
's Gsicht is vom Schiaßn schwarz, und d' Händ san volla Bluat,
sie hat mi ningascht kennt als grad an Huat.

4. Wia s' mi an Huat hat kennt, is sie glei außagrennt,
sie nimmt mi bei da Hand und führt mi nach da Wand,
sie nimmt ma 's Gamsei weg und hat ma's guat vasteckt:
»Iatz derfst net schaun dazua bis morgn fruah!«

Berchtesgaden. Aus dem Liederbuch des Hofschaffer-Linerl von 1911. (Siehe S. 155 »Das Liederbuch des Hofschaffer-Linerl«.)

Zwiesprüchl

Mir wird die Zeit lang,
sagt d'Schlang.

Ja von wem?
fragt d'Henn.

Mir mögn net schlafn,
sagn die Affn.

Von der Godl,
sagt der Vogl.

Mach'ma an Jux,
sagt der Fuchs.

Laßt's ma mei Ruah!
schreit die Kuah.

Gehn ma zum Tanzn,
sagn die Wanzn.

Gehn ma aber glei,
sagt der Papagei.

Wo denn hin?
fragt die Spinn.

I möcht an Kaffee,
sagt das Reh.

Zum großen Saal,
sagt die Nachtigall.

I möcht a Oarwöckl,
sagt 's Rehböckl.

Müass'ma uns schö gwandn,
sagn die Antn.

I möcht an Strudl,
sagt der Pudl.

I hab koa Haubm,
sagt die Taubm.

Waar net schlecht,
sagt der Specht.

Wirst scho oane kriagn,
sagt die Fliagn.

Guat waar des scho,
sagt der Floh – und hupft davo.

Die Mutter spricht jeweils die erste, das Kind die zweite Zeile.

Im Chiemgau bruchstückweise verbreitet.

Her üba d'Schneid, hin üba d'Alm

1. Her üba d'Schneid, hin üba d'Alm, hui di ri . . .
   hör i a kloa's Hundl kalln, hui di ri . . .

2. Ghört net mei, ghört net dei, hui di ri . . .
   werd von an Jaga sei, hui di ri . . .

3. Wer si koa Gams schiaßn traut, hui di ri . . .
   kriagt a koa schöne Hosn von da Haut, hui di ri . . .

4. Schmalz in da Pfann, Gluat in da Gruabm, hui di ri . . .
   d' Jaga san lustige Buam, hui di ri . . .

Berchtesgaden. Aus dem Liederbuch des Hofschaffer-Linerl von 1911.

Gamsbergsteign in Summa

1. Gamsbergsteign in Summa, des is die größte Freud!
   Bein Mondschei' schleich' ma's uma, wo's schöne Gamsein geit.
   Da tean ma's uns erquicken, ja, da tean ma's abazwicken;
   wia lustig is' in Wald, juhe,
   wo das Gamsei abafallt!

2. Lustig auf da Alma und lustig auf da Höh,
   da gibts brav Küah und Kalma, da gibts brav Hirsch und Reh.
   Am Buckl tean ma's nehma, und sollt glei da Jaga kemma,
   mir tragns mit Freudn nach Haus, nach Haus,
   und dahoam da woadn ma's aus.

3. Vivat solln sie leben, de greane Gwanda tragn!
   A Wildschütz will i bleiben, mei ganzes Leben lang.
   Und sollt i amal müassen mei Lebm in Wald ei'büaßen,
   i sags und bleib dabei, dabei,
   bei meina Jagarei!

Berchtesgaden. Aus dem Liederbuch des Hofschaffer-Linerl von 1911.

Es wollen zwölf Jaga ins Birschn ausgehn

's Holzhacka-Thresei

1. Es wollen zwölf Jaga ins Birschn ausgehn,
   beim Holzhacka-Thresei, da bleiben sie stehn,
   beim Holzhacka-Thresei, da bleiben sie stehn,
   fi da ria lei di o, ho la ra di o.

2. Geh, Thresei, steh auf, tua de Tür aufmacha,
   zwölf Jaga san draußn, muaßt Krapfn bacha,
   zwölf Jaga san draußn, muaßt Krapfn bacha,
   fi da ria lei di o, ho la ra di o.

3. I därf net aufmacha, i därf net auftoa,
   is neamand herinna als i grad alloa,
   is neamand herinna als i grad alloa,
   fi da ria lei di o, ho la ra di o.

4. Du därfst scho aufmacha, du därfst scho auftoa,
hast an Holzhackafranzl drinnat, du bist net alloa,
hast an Holzhackafranzl drinnat, du bist net alloa,
fi da ria lei di o, ho la ra di o.

5. Den Holzhackafranzl hab i net g'secha,
müaßts scho bei 'ra andan Tür einispecha,
müaßts scho bei 'ra andan Tür einispecha,
fi da ria lei di o, ho la ra di o.

So singen das Lied die »Falkenstoaner« in Inzell. Sie haben es vom Vater der Mitsängerin Gitta Gaisreiter, dem Bartholomäus Reindl, vulgo Fischer-Bascht, übernommen. Bei Kiem Paulis Niederschrift aus Ruhpolding drei Strophen. Vgl. Huber/Simbeck, Niederbairisches Liederbuch, Mainz–München 1952.

Bin a lebfrischa Schütz

1. Bin a lebfrischa Schütz, geh auf d'Alm mit meina Büx,
möcht ma aa a schö's Gambsal schiaßn;
und d'Sennrin wanns sach, wia dafrorn daß i waar,
kunnt i aa amal dableibm müassn.
Sie nimmt ma mei Stutzal und hebt ma's brav auf,
tragts außi ins Kammal, stellt 's Mehlhafal drauf;
sie kocht mir a Muas, tuat Weinbirl drei,
bei da Nacht kunnt i schlafn nebm sei(n').

2. »Aba Wildschütz, bleib da, ziahg Strümpf und Schuah a(b),
i trickats scho aus bein Foia;
sie san ja waschnaß von herwatn in Gras,
weils allwei gro' Weda is hoia.
Des Dableibm bei mir, des waar ja mei Freud,
denn auf d'Alm kemman seltn her solchane Leut;
oft oana a Jaga, der tuat mi net gfreu,
aba a lebfrischa Wildschütz muaß' sei!«

3. So bleib i halt da, reib 's Zündpulva a(b),
daß 's Büxal aufn Schnall wegageht.
Morgn fruah steh i auf, zwegn dem is' net aus,
und nimm aufn Gamsberg mein' Weg.
Und d'Sunn is aufganga, weil 's Weda is schö,
da siahg i a Gambsal an Gwänd dromat steh;
da schiaß i glei aufi, daß 's Büxal hat gschnallt,
und 's Gambsal zu mir abafallt.

4. I schau 's Gambs net lang o, hab eahm 's Gres außa to,
und richt ma glei 's Band her zun Tragn.
Und i habs net vahofft, aba gschehgn is' scho oft,
daß d'Jaga mein Schuß scho ghört ham.
Aft steig i halt aufi aufs schärfeste Gwänd,
auf oamal zwoa Jaga vor meina dastehnd:
»Halt, Spitzbua, dei Gambs und dei Büx muaßt uns gebm,
sunst kost's di dei Bluat und dei Lebm!«

5. I hab 's Gambs niedato, packs glei alle alle zwoa o,
und habs aufn Bodn niedagschlagn;
dia ham 's Trenzn ogfangt, san auf und davo,
iatz ko mas bein Teifi dafragn.
Für an lebfrischn Schützn is des halt a Freud,
zwoa Jaga wann kemmand, da hat ar a Schneid;
zwoa Jaga wann kemmand, er macht si nix draus,
er jagts glei zun Teifi obnaus.

Nachgsangl

Vorgesungen von Georg Ramstötter in Neukirchen. Er hat es von seinem Vater übernommen, der die Hauptstütze der seinerzeit weitbekannten »Alten Neukirchner« war. (Siehe S. 163 »Die alten und die jungen Neukirchner«.)
Die Schwestern Schiefer von Laufen haben eine Fassung des Liedes 1930 in Punschern bei Teisendorf aufgeschrieben. (Siehe Kiem Pauli, Oberbayrische Volkslieder, München 1934.) Ihre Vorsängerin, die Bauerstochter Kathi Pfingstl, hat es vielleicht über die bekannten Sänger im nur wenige Kilometer entfernten Neukirchen gelernt. Beide Aufzeichnungen sind ein Beispiel dafür, wie das gleiche Volkslied bereits in naher Nachbarschaft leichte Veränderungen erfährt. Vgl. Zeitschr. Das deutsche Volkslied, 2. Jg., Wien 1900, S. 146.

Buama, heut müass' ma auf's Pirschn geh

1. Buama, heut müass' ma aufs Pirschn geh,
rührt si koa Wind und is's Weda schö,
d'Sterndl, de leuchtn so hell und klar,
schöna werds nimma des Jahr.
Gamsal gibts nach der Wahl,
heut grat's uns gwiß amal,
fünf, sechs waarn gar net viel,
wann's uns nur will.

2. I steig voran, steigts ma nachi schö,
werds ma net laut, laßts koan Stoa abgeh,
wenn ma amal drobn san in de Gwänd,
zoag i enk all meine Ständ.
I geh übers Steigerl gschwind,
da kriagns mi net in Wind,
i treibs enk alle gwiß
eini auf d'Riß.

3. Z' Alm is's so stad wia de ewig Ruah,
hörn tuat ma nix als wia de Glocknkuah,
Gamsal, de siacht ma von weitn steh,
heut müass' ma hint aufigeh.
D'Senndrin im Kasa drinn
schreit, daß da Jaga kimmt,
der uns de Gamsal nahm –
des glab i kaam!

4. Buama, i sag enks iatz allesamm:
Schiaßts ma koa Gams mitn Kitzl zsamm!
Sechts Goaß mitn Kitzl obm umigeh,
de laßts ma all mitsamm steh.
Aber de großn Böck
schiaß ma nach Gusto weg,
de altn Goaßn, ja,
wenns net tragat san aa.

5. D'Schützn stehn da mitn gspanntn Hoh,
schlagt glei a jeder sein Stutzn o,
zählt hab i's net, wiaviel Schuß als s'gmacht,
gwest is's grad wia in da Schlacht.
D'Jaga warn a glei da,
schaugn auf da Schiaßstatt nach,
ob da koa Kitz net liegt,
des Ding hams dick.

6. Buama, wia werdn ma de Gamsal kriagn?
Oans müass' ma gar mitn Seil aufziahgn,
des liegt ja z'tiafast im Grabn drinn,
da ko von uns koana hin.
Klaubts no dc andern z'samm,
weil ma nur so viel ham;
es lebe hoch und frei
die Gamsjagerei.

Gehört zum Liederbestand der »Falkenstoana« in Inzell. Vgl. »Aba Schützlar, heunt müass' mar an Gamsberg giahn« in: Quellmalz, Südtiroler Volkslieder, Band 2. Kassel 1972.

An einem Sonntagmorgen

1. An einem Sonntagmorgen, recht zeitli in da Fruah,
   nimmt da Wildschütz sei Stutzal, geht an Gamsgebirg zua.
   Er woaß ja den Weg so schö,
   wo die schön' Gamsal stehn,
   drobn auf der Höh.

2. A Gams hat er gschossn hoch drobm auf der Wand,
   iatz tuat as auswoadn, hat 's Messa in der Hand.
   Da Jager hat lang zuagschaut,
   hat si net zuawitraut,
   bis daß er schlaft.

3. Wia der Wildschütz hat gschlafn, da hat er si traut,
   hat eahm 's Büchsl weggnumma und hatn recht ghaut.
   Der Wildschütz springt auf vom Schlaf,
   springt über d'Felsnwand
   in ein Gesträuß.

4. An Jager druckt ’s Gwissn um sei junges Bluat,
iatz möcht er gern wissn, was der Wildschütz drunt tuat.
»O Jager, liaba Jager mein,
bind mir’s die Wunden ein
und still mir ’s Bluat!«

5. »Die Wundn san verbundn, und g’stillt is dei Bluat,
iatz muaßt du mit mir geh ins Salzkammerguat!«
»Bevor i mit an Jager geh,
laß i mei Leib und Seel
und mei jungs Bluat!«

Nach der letzten Strophe:

Das Lied war in den meisten Chiemgauer Wirtshäusern daheim. Mitunter ist es heute noch zu hören.

Andreas heiß ich mit Namen

Trauerlied für den Himmier-Anderl

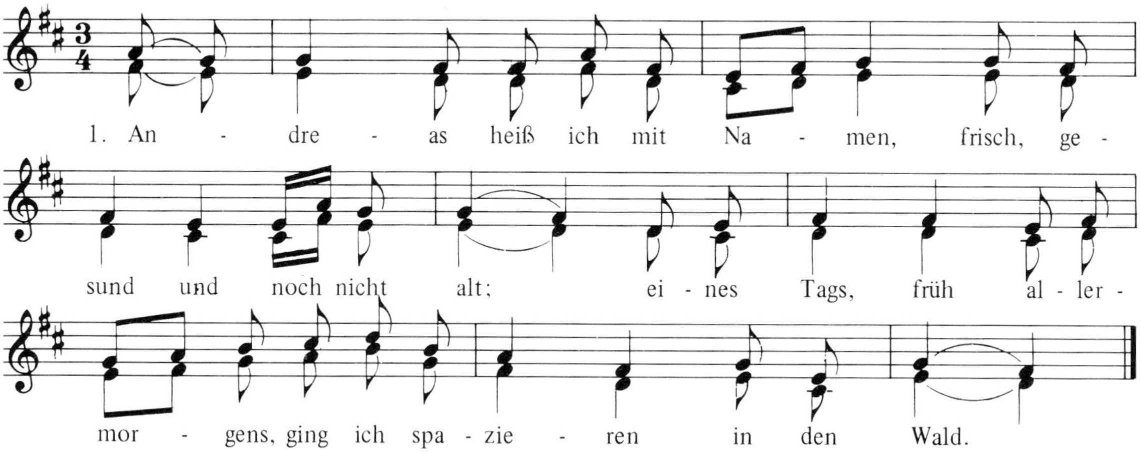

1. Andreas heiß ich mit Namen,
frisch, gesund und noch nicht alt;
eines Tags, früh allermorgens,
ging ich spazieren in den Wald.

2. Da nahm ich meine Flinte
und schau ein wenig hin und her,
ob denn nicht in diesem Walde
ein Stücklein Wild zu schiaßen wär.

3. Als ich ging vor ein Gebüsche,
da sprang ein schöner Bock heraus;
ich hab mich gar nicht lang besonnen
und schoß ihn gleich an Rücken nauf.

4. Und der Schuß war gut getroffen,
der Rehbock fiel in einem Saus;
schnell flachs die Füß ich ihm zusammen
und wollt ihn tragn mit mir nach Haus.

5. Aber ach, es ist erschrecklich,
was mir gleich darauf geschah:
Unverhofft sah mich der Jäger,
nahm sein Gewehr und schoß mir nach.

6. Wirklich hat er mich getroffen,
viel Schröt hab ich im Leibe drin.
»Ach Gott!« das war mein letztes Worte
und sank darauf zur Erde hin.

7. Nun lieg ich da auf bloßer Erde,
hab zu ringen mit dem Tod,
niemand kann zu Hilf ich haben,
wenn mir nicht hilft der liebe Gott.

8. Kommet her, ihr Kameraden,
kommet her und seht mich an,
wie schnell man mir mein Leben raubet
und hab kein Mensch ein Leid getan.

9. Kommt nur her, meine liabn Geschwister,
kommet her und seht mich an!
Und war oft mit euch so fröhlich,
daß uns liebt' ein jedermann.

10. Kommt nur her, meine lieben Eltern!
Man wird mich jetzt graben ein.
Dorten wird mein Leib zerfallen
und ein Speis der Würmer sein.

1946 vorgesungen von den alten Bauersleuten Lampersberger in Almertsham bei Höslwang. Sie erzählten auch die Geschichte des Wildererdramas, wie sie sich über 100 Jahre hinweg mündlich überliefert hat. (Siehe S. 169 »Der Wildschütz Himmier-Anderl«.)

Rätselinschrift am Kranzlhof in Frasdorf

Die Schrift versteckt in sich drei heilige Namen.

Lösung: Man lese den 1., 4., 7., 10. und 13. Buchstaben, dann den 2., 5., 8., 11. und 14., hierauf die übrigen der Reihe nach.

Mensch, betrachte nur im stillen

Trauerlied für Matthäus Eschlberger

1. Mensch, betrachte nur im stillen
das Erdenleben auf der Welt,
es wird wohl über deinen Willen
so manches Mal dein Grab bestellt.
Mancher stirbt in fremden Landen,
in Schlachten oder im Spital,
alles liegt in Gottes Händen,
was sich ereignet überall.

2. Heilig ist das Menschenleben,
wer's bedenkt mit klarem Sinn,
niemand kann es wiedergeben,
wenn es einmal ist dahin.
Doch es gibt oft manche Fälle,
wo es nicht geachtet wird;
wer könnte glaubm, daß es Menschen gäbe,
wo leicht ein Lebm vernichtet wird.

3. Am dreißigsten Jänner, ein Uhr mittag,
da war der Tag des Mißgeschicks,
da ging ich heimlich in den Walde
und dachte an das Unglück nicht:
»Halt!« ertönt es im Gebüsche,
und ein Schuß hat schon gekracht,
fünfunddreißig Schrot hab ich im Rücken,
welche mir den Tod gebracht.

4. Matthäus Eschlberger ist mein Name,
achtundzwanzig Jahre alt,
hat der Tod mich schon gefangen,
als ich im schönsten Alter war.
Forstmeister und Fischer, die zwei Männer
sind an meinem Unglück schuld.
Ich lief davon, aber, ach!, bedenket:
So arg mich schießen wegn solcher Schuld?

5. Eine Stund ließ man im Schnee mich liegen,
bis endlich eine Hilfe kam,
vom Schmerz gequält und fast von Sinnen,
denn halb erfroren war ich dann.
Auf einem Schlitten wurd ich gefahren
ganz erbarmungslos dahin;
o welche Angst, wie die mich sahen,
als wir nach Haus gekommen sind.

6. Meine lieben Kameraden,
gebt euch nicht so in Gefahr!
Seht, wie s' mich behandelt haben,
denkt nach, was das für Elend war.
Zehn Tage mußt ich schrecklich leiden,
bis mir der Tod ein End gemacht.
Von den Meinen mußt ich scheiden,
denen ich viel Leid gebracht.

7. Tröstet euch, wenn ich nun reise,
ich bin mit allem wohl versehn,
mit der letzten Seelenspeise
tat ein Priester mir zur Seite stehn.
Ich bitt' noch alle um Verzeihung,
wenn jemand ich beleidigt hab!
Dem Täter ich auch wohl verzeihe,
der mich geschickt ins frühe Grab.

8. Von Herzen danke ich auch allen,
die mir besonders nahestehn,
in meinem Elend mir vor allem
mußten helfen und auch pfleg'n.
Mutter, G'schwister und Kameraden,
Freunde und auch Nachbarsleut
bei mir sich eingefunden haben,
mich haben beweint mit Herzensleid.

9. Ich reise nun zu meinem Vater,
der auch schon ging in die Ewigkeit,
der mich dort oben wird erwarten
in der großen Himmelsfreud.
Er wird für mich auch Gott wohl bitten,
daß wir dort können beisammen sein.
So haben nun beide ausgelitten
und werden sich dort ewig freun.

Vorgesungen von Maria Hogger, Felberbauer-Austragsbäuerin von Mürack, Ulrichshögl bei Ainring.
Am 30. Januar 1888 wurde der ledige Matthäus Eschlberger, Schustermannbauernsohn von Ainring, beim Wildern im Moos angeschossen. Auf einem Handschlitten brachte man den Schwerverletzten zu seinem Vaterhaus. Zehn Tage lag er mit großen Schmerzen auf einem Strohsack in der Wohnstube, dann ist er gestorben, 28 Jahre alt. Er war ein »oaseitiger« Onkel meiner 87jährigen Vorsängerin.
Das Lied hat Franz Wiesbacher gemacht, der frühzeitig seinen Lehrerberuf an den Nagel hängte, um sich nur mehr seiner Dichtkunst widmen zu können. Dicke handgeschriebene Bände mit schriftdeutscher Lyrik hat er hinterlassen. (Das obige volkstümlich gehaltene Trauerlied kann für den in bescheidenen Verhältnissen lebenden Poeten eine Auftragsarbeit gewesen sein.) 1912 wurde der ledige, leutscheue Mann vom Zug überfahren und tödlich verletzt. Sein mit eigenen Reimen versehener Grabstein befindet sich im Ainringer Friedhof, außerdem haben ihm Verehrer an der Straße nach Ulrichshögl ein Denkmal mit seiner Büste errichtet. (Die Mitteilungen verdanke ich dem Heimatkundler Josef Hager von Hausmoning bei Ainring.)
Aufnotiert am 25. Januar 1988. Es war ein Zufall, daß fast auf den Tag genau vor hundert Jahren der Wildschütz Eschlberger erschossen wurde. Die letzte Liedaufzeichnung für das vorliegende Buch.

Leute, hört, was ich euch erzähle

Trauerlied für Josef Auer

1. Leute, hört, was ich euch erzähle,
auf den Bergen ist es sonst so schön,
aber heute trauert meine Seele,
eine Leiche muß man droben sehn.

2. Auf der Krottenthaler Alpe droben
liegt ein Jüngling, ist im Tod noch schön;
ist nur neunzehn Jahre alt geworden,
muß schon in das Reich der Toten gehn.

3. Er liegt droben auf des Berges Schneide,
wo nur Gambsei haben Zeitvertreib.
Ganz zerrissen sind die Eingeweide,
denn zwei Kugeln fuhrn ihm durch den Leib.

4. Josef Auer, dieses war sein Name,
war von jedermann geliebt und g'acht,
einen jeden überfällt ein Schauder,
wenn man seinen Totensang betracht.

5. Ach, sein linker Arm war ihm durchschossen,
und zerschmettert war sein ganz Gebein;
ach, sein junges Blut hat er vergossen,
als man ihn fand auf hartem Felsgestein.

6. Harte Steine war'n sein Sterbekissen,
und kein Priester stand ihm da zur Seit,
seine Lieben kann er nicht mehr grüßen,
und die Freunde war'n von ihm zu weit.

1967 vorgesungen von Maria Huber, Sewald-Großmutter in Oberbrunn bei Pittenhart. Im Nachlaß von August Hartmann fünf Strophen ohne Melodie.

Am 28. Oktober 1846 wurde im Krottental, südlich der Aiplspitze im Rotwandgebiet der beim Huberbauern in Elbach erzogene Zimmermann Josef Auer beim Wildern erschossen. Der Jäger, der den Neunzehnjährigen auf dem Gewissen hatte, konnte nicht ermittelt werden. Noch in derselben Nacht hat ein Unbekannter beim Huberhof die Mitteilung in das Fenster der Ehekammer gerufen, daß der Sepp im Krottental droben liege. (Josef Brunhuber, Chronik des oberen Leizachtales. Verlegt von den Gemeinden Fischbachau und Hundham 1927.)

Geh i's hin üba d'Alm

1. Geh i's hin üba d'Alm, geh i's her üba d'Schneid,
zwegn mein Diandl z'liab, weils mi sakrisch gfreut,
ja weils schwarzaugat is und so sauba is,
drum geh i so weit, her üba d'Schneid.

2. Ja wann der Tag anbricht, d'Sunn durch d'Stauan sticht,
da hört ma Glockn klinga, a schöne Senndrin singa;
solang die Bleamal blüahn, so lang uns mir zwoa liabm,
so lang geh i so weit her üba d'Schneid.

3. I geh zum Hüttal hin, da liegt mei Dirndl drin,
sie steht voll Freudn auf, macht mir glei 's Türl auf,
sie hat mir 's Jawort gebm, daß i bei ihr derf legn,
und i bin's glegn bei ihr bis in da Früah.

4. Und wann i von ihr geh, tuat ma 's Herz so weh,
i hab s' ja gar so gern, kunnt fast narrisch werdn;
du liaba Herrgott mei, laß uns z'samma sei,
nur dann hat auf der Erd mei Lebm an Wert.

Vorgesungen von Sepp Kammerlander, Ruhpolding.

Dianei, geh her zum Zaun

1. Dianei, geh her zum Zaun,
   laß dir in d'Äugal schaun,
   wia deine Äugal san,
   schwarz oda braun?

2. I geh net her zum Zaun,
   laß ma net in d'Äugal schaun,
   wia meine Äugal san,
   schwarz oda braun.

3. Grean san die Hollerstaudn,
   weiß san die Blüah, die Blüah,
   schön san die schwarzen Augn,
   treu bleibm toans nia.

4. 's Diandl hat gfischt bein Bach,
   hat nix dawischt bein Bach,
   hat a schlechts Köda dro,
   beißt koana o.

Aus dem Liederheft von Christine Höglauer, Pfaffendorf bei Anger, um 1920. Wird zuweilen heute noch in Wirtsstuben gesungen.

Bei mein' Diandl sein' Fensta

1. Bei mein' Diandl sein' Fensta scheint gar nia a Sunn,
geht koa Landstraß vorbei, grad a Gangsteigerlein;
ihr Stübal is ei'gricht so liab und so fei',
daß's mi ziemt, i möcht allwei drinn sei.

2. Und i schleich mi halt öfta beim Mondschein zu ihr,
sie druckt mi ans Herz, sagt freundli zu mir:
»Ja, weilst no grad da bist, recht load is ma wordn,
i hab gmoant, du hast an Weg scho valorn.«

3. »Steig net so laut eina, es garetzt da Bodn,
bist a sakrischa Bua, hast d'Schuah net auszogn!«
Und a Stund ham ma's z'plauschn, und a Stund ham ma's z'redn,
und a Stund ham ma Bussal hergebn.

4. Und i kunnt eahm net feind sei, dem Wuzal, dem kloan,
weils allawei woant, wann i sag, i geh hoam;
drum bin i's und bleib i's, solang wia's uns gfreut,
bis da Kuckuck und 's Rotkröpfal schreit.

In den dreißiger Jahren von Martl Meier in St. Georgen a. d. Traun übernommen. (Siehe S. 151 »Vom Singen im Wirtshaus«.)

Liebesbriefreime

Wenn ich einst im tiefen Grabe
viele Jahr geschlummert habe,
so lese diese Zeilen hier
und weine eine Thräne mir.

Ein Verslein nach der Mode
fällt mir gerade nicht ein,
doch will ich bis zu meinem Tode
dein zärtlich liebender N. N. sein.

Aus dem Liederbuch der Therese Leidl, Bergen 1872.

Wo i geh, wo i steh

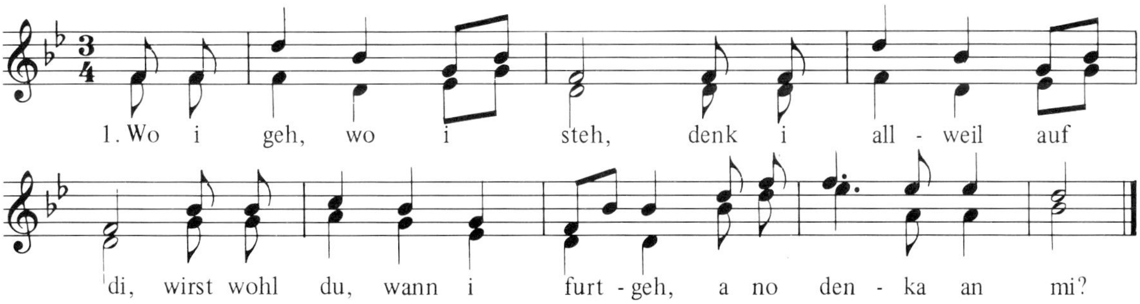

1. Wo i geh, wo i steh,
denk i allweil auf di,
wirst wohl du, wann i furtgeh,
a no denka an mi?

2. I hab dir in d'Äugal gschaut,
die Äugal san trüab,
und i hab mir's net z'sagn traut,
ja, daß i di liab.

3. Alle Leut san mir feind,
ja, schier gar meine Freund',
und i woaß scho, wegn was:
weil i 's Dianei net laß.

Aus dem Notennachlaß des Erzmusikanten Michl Oberlechner von Aschau im Chiemgau (1974 fünfundachtzigjährig gestorben). Unsere Sänger übernahmen gern einmal ein zugewandertes Kärntnerlied, das sich allerdings schnell der oberbayrischen Singart anglich. Vgl. Hans Neckheim, Kärntnerlieder, Bd. I, Nr. 51 und 63. Dritte Auflage, Wien 1902.

Und a Waldbua bin i

1. Und a Waldbua bin i,
und a Walddirndl liab i,
bin a Bua, a junga,
schleich im Holzschlag uma.

2. Aba Dirndl, sei gscheit,
liab an Buam, der di gfreut,
liabst an Buam mit an Geld,
hast koa Freud auf der Welt!

3. Aba Dirndl, dei Treu,
dei Aufrichtigkeit,
dei schöne Manier
hat mi hergführt zu dir.

4. Aba Dirndl, mei mei,
wer werd denn gar a so sei?
Wannst du gar a so bist,
is mei Hergehn umsist.

In Oberbayern weit verbreitet. »Angeblich ist der Ende der siebziger Jahre des vorigen Jahrhunderts in Kärnten verstorbene Thurnhofer Mundi, Raimund Garton, ein Bauer aus dem Gurktal, der Autor dieses Liedes. Gerlinde Haid.«
In den Bergener Wirtshäusern wurde am Schluß gern das folgende Draufgsangl angehängt.

Draufgsangl

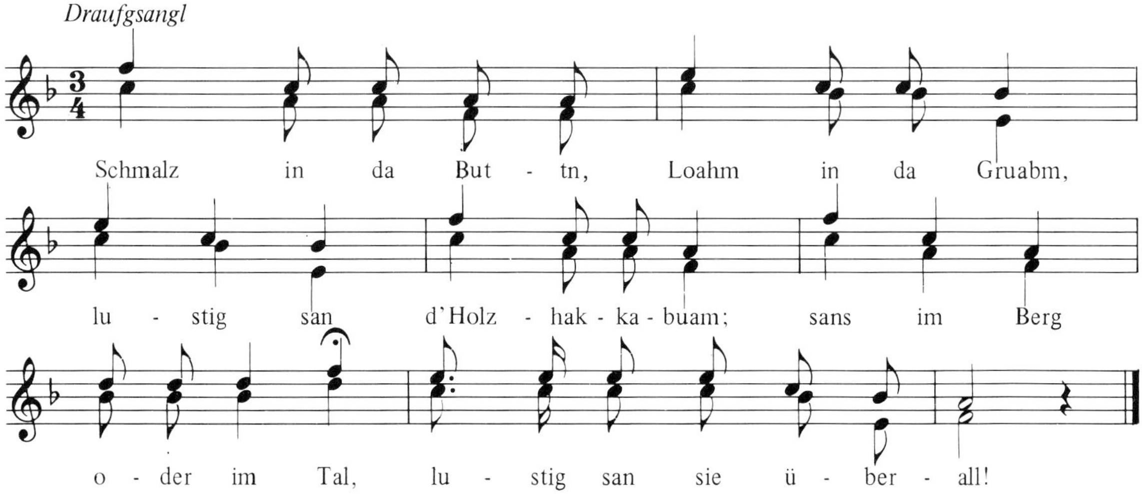

Textfassung aus Reit im Winkl:

1. Aba Diandl, woaßt was,
   dei Füaschtal is naß,
   ziahgs a' und broats aus,
   kinn ma umkugln drauf!

2. Und i ziahg da's net aus,
   und i broat da's net auf,
   und i laß auf mein Füaschtal
   net umkugln drauf!

3. Aba Diandl, mei mei,
   muaßt net gar a so sei',
   wennst du gar a so bist,
   is mei Hergeh umsist.

4. Aba Diandl, woaßt was,
   koa Aug werd ma naß,
   koa Aug werd ma trüab,
   wenn i di nimma kriag.

Füaschtal, Fürta – Fürtuch (Schürze)
Bekommen von Lehrer Hans Neumeier, der den Text von der alten Blaserwirts-Fini in Reit im Winkl aufgeschrieben hat.

Liederheft-Eintrag

»Gekauft am 9. Dezember 1917.

Dieses Büchlein ist mir lieb,
wer mir's stiehlt, der ist ein Dieb,
mag's sein Herr, Frau, Magd oder Knecht,
der Galgen ist für alle recht.«

Eintrag auf der Titelseite des Liederheftes von Christine Höglauer, Pfaffendorf bei Anger.

Schau, schau, wia's regna tuat

1. Schau, schau, wia's regna tuat,
schau, schau, wia's giaßt, wia's giaßt,
aba schau, schau, wia's Wassal
vom Dach abaschiaßt.

2. Grean san die Hollastaudn,
weiß san die Blüah, die Blüah,
aba schö san die schwarzen Augn,
aba treu bleibm toans nia.

3. Geh, Diandl, spreiz di net,
wann i dir a Bussl gib,
geh, gib mir a Bussl gschwind,
es is ja koa Sünd.

In den zwanziger und dreißiger Jahren eines der beliebtesten Wirtshauslieder.

Wer a Geld hat und is saudumm,
kauft a alts Haus und bauts's um!

Reit im Winkl

Scheint da Mond so schö auf dieser Welt

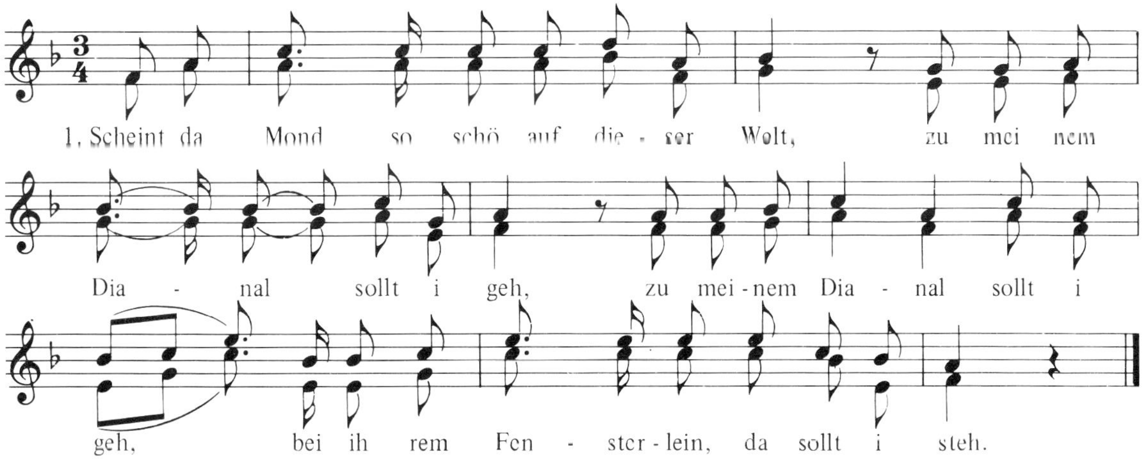

1. Scheint da Mond so schö auf dieser Welt,
zu meinem Dianal sollt i geh,
zu meinem Dianal sollt i geh,
bei ihrem Fensterlein, da sollt i steh.

2. »Wer is denn draußen, wer klopfet an,
der mich so leise aufwecken kann?«
»Ja steh nur auf und laß mi eini,
es werd da rechte Bua scho draußen sei!«

3. »I steh net auf, laß di net ei',
du kunntst vielleicht heut nacht mei Unglück sei.
Und das Bettstadl hat si gwendt,
und unsa Liabschaft, de hat an End!«

4. »Einen Taler geb ich dir,
wennst mi schlafn laßt heut nacht bei dir.«
»Ghalt da dein Tala, sauf da o an Rausch,
suach da a andanes schö's Diandl aus!«

5. »Du werst oft traurig sei, du werst oft woan',
wann i geh mit an andan Diandl hoam.
Du werst oft denka, es werd di kränka:
herzigs Bürschale, o hätt i di!«

1986 vorgesungen von Sepp Kammerlander, Ruhpolding.

I hab halt a Häusal am Roa'

1. Fassung

1. I hab halt a Häusal am Roa',
   des Häusal is nett und is kloa,
   doch all meine Zimma,
   die gfreun mi halt nimma,
   [: denn i bin im Häusal alloa. :]

2. Am Häusal am Roa steht a Stoa,
   da sitz i oft stundnlang alloa;
   die Aussicht is prächtig,
   da siehgt ma weitmächtig,
   [: doch gfreut mi des Schaugn net alloa. :]

3. A Dirn hat da Wirt von da Gmoa,
   hab glabt, ja, de kunnts für mi toa;
   zum Weib hab i's gnumma
   vor etliche Summa,
   [: seitdem bin i nimma alloa. :]

4. Jetzt will's si's aba nimma recht toa,
   des Häusal, des werd ma scho z'kloa;
   die Ruah is ausgflogn,
   es hat mi betrogn,
   [: i wollt, i waar wieda alloa. :]

Gehört von acht Schreiber-Schwestern aus Traunwalchen anläßlich einer Hochzeitsfeier. In ihrem Elternhaus, beim »Kirmoar«, gehört es seit Großvaterszeiten zu den Stammliedern. Der Text geht zurück auf J. F. Castelli: Gedichte in niederösterreichischer Mundart. Wien 1828.
In den inzwischen vergangenen anderthalb Jahrhunderten haben sich Text wie auch Melodie des weitverbreiteten Liedes vielfach verändert. Beispielsweise singen die Reit im Winkler Hausberger Andre, Diesl Alfred und Schlechter Franz das »Häusei am Roa« wie unten notiert. Sie haben es 1955 vom Schwab Martin in Berchtesgaden/Schönau gelernt. Vgl. L. Erk und W. Irmer, Die deutschen Volkslieder mit ihren Singweisen, 3. Heft, Nr. 45 (2. Ausgabe). Leipzig 1843.

I hab halt mei Häusei am Roa'

2. Fassung

1. I hab halt mei Häusei am Roa',
   des Häusei is nett und net z'kloa,
   [: die Aussicht is prächtig,
   man siehgt so weitmächtig,
   aba i, i bins allwei alloa. :]

2. Des Diandl, da drunt von da Gmoa,
   des waar scho de recht, was i moa;
   [: zum Weibal hab i's gnumma
   vor etliche Summa,
   seitaher bin i nimma alloa. :]

3. Iatz sitz i da drunt auf an Stoa,
   mir werd scho mei Häusei viel z'kloa,
   [: die Kinda fliagn uma
   wia d'Schwaibal in Summa,
   aba i, i waars liaba alloa. :]

4. I woaß scho, was i iatzad tua,
   i gibs an Herrn Pfarra retour;
   [: da Herr Pfarra hat mas gebm,
   iatz sollt er damit lebm,
   aba i, i bleibs liaba alloa. :]

Nach der letzten Strophe (breit, mit Ausdruck:)

Reit im Winkler Fassung. Siehe Anmerkung zum vorausgehenden Lied.

Herr Hauptmann, ja, i bitt recht schön

1. Herr Hauptmann, ja, i bitt recht schön,
geh, lassns mi auf Urlaub gehn,
auf Urlaub gang i gar so gern,
hinaus aus dera Kasern!

2. Na, na, mei Bua, da wird nix draus,
In Urlaub kommst du nicht hinaus,
du mußt erst lernen exerziern,
dann kannst die Welt probiern.

3. Herr Hauptmann, i hab a Madl z'Haus,
des kennt si fast vor Liab net aus;
sie schreibt mir, daß i kommen soll,
ganz gwiß auf jeden Fall.

4. Führ dich brav auf, erst nachher dann
kannst du dich bei mir fragen an,
glaub mir nur auf mein Ehrenwort,
dann laß ich dich gwiß fort!

5. I nimm glei Feder und Papier
und schreib mein Madl glei von mir,
daß i ganz gwiß auf jeden Fall
heimkommen werd amal.

Vorgesungen von den Schreiber-Töchtern in Traunwalchen, 1986.

Aufn Bam singt a Zeisei

1. Aufn Bam singt a Zeisei, a wundaschöns Ding,
   mit an hellautn Stimmerl – liabs Vögei, sing, sing!
   Ho la di jo dl di ri . . .

2. I los eahm so gern zua, mei Herz werd ma g'ring,
   es freut mi mei Lebn – liabs Vögei, sing, sing!
   Ho la di jo dl di ri . . .

Gesungen vom unvergessenen Familiengesang Geschwister Köppl von Barmstein bei Marktschellenberg. Bekommen haben sie das Lied von Tobi Reiser, Salzburg.

An Sprung übas Gassal

1. An Sprung übas Gassal, an Juhiza drauf,
an Schnackla beim Fenstal: Schö's Dianal, mach auf!
»O du dalkata Bua, laß ma oamal mei Ruah,
kimm nimmamehr her, denn mei Fensta bleibt zua!«

2. Wennst du mit dein' Herzal so neidig willst sei,
so nimmst a Papierl und wicklst da's ei;
tua's eini in a Schachtal und bind da's fest zua,
nacha kimmt deina Lebtag koa Bua net dazua!

3. Bin ein und aus ganga, durchs ganze Tirol,
hat ma koane so gfalln wia mei Schwarze, woaßt wohl.
He, Diandl, dei Jugend, dei schöne Manier,
dei kreuzbrave Tugend hat mi herg'führt zu dir.

4. Iatz liab i zwoa Diandl, a alt's und a neu's,
iatz brauch i zwoa Herzal, a falsch's und a treu's.
Soll i 's neu Diandl liabm oda 's alte ghaltn,
oda sollt i mei Herzal ausanandaspaltn?

Text aus dem Liederbuch des Martin Haustätter von Bergen. Die mit 1864 datierte Handschrift ist im Besitz seiner Enkelin Hildegard Guercke. Vom »Gamsei«, der das Lied von Haustätter übernommen hat, stammt die Melodie. (Siehe S. 158 »Der Gamsei«.)

Kellnerinnen-Gstanzln

Und die Kellnarin z'Hart
hat ma 's Geldl a'gnarrt,
wia sie's ghabt hat von mir,
hat s'mi oglacht dafür.

Wann koa Kellnarin, koa Wirtshaus,
koa Bräuhaus net waar,
waar 's Brieftaschei voll
und da Kuahstall net laar.

St. Georgen a. d. Traun

Im Marzoller Dörfal

Gstanzl

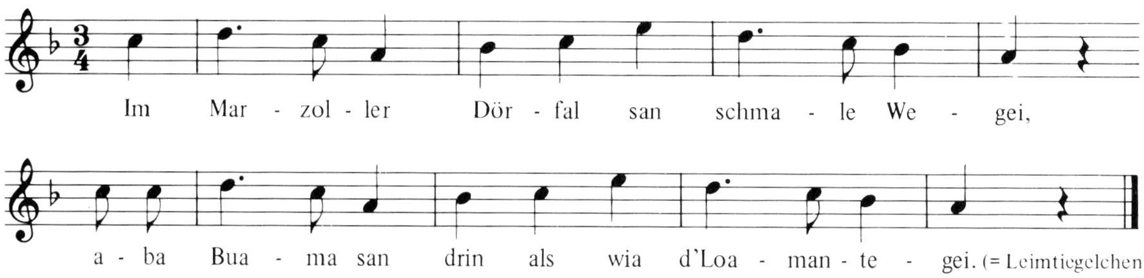

Im Marzoller Dörfal
san schmale Wegei,
aba Buama san drin
als wia d'Loamantegei.

Geh außi aufs Wassa,
schau den Schiffleutn zua;
schreit a schöns Diandl außa,
geh nur eina, mei Bua!

Und 's Diandl hoamweisn,
des muaß ma vosteh,
du muaßt amal rastn
und net allwei geh.

Beim Diandl sein Fensta
is a Raubvoglnest,
i trau ma net zuawi,
de Luadan san bös.

Beim Diandl sein Fensta
is d'Jahreszahl gschriebm:
Neunzehnhundertundneune –
schö's Diandl bleib drin!

Und 's Diandl hat gsagt, ja,
sie mag mi nimma;
sie hat a leichts Brachtn, (Reden)
sie kriagt mi nimma.

Hat amal oana g'ackert
im Obstgartn drin,
da is eahm da Handochs
an Bam aufigstiegn.

Tua net a so singa
und umarebelln,
du waarst a rechts Bürschal
zum Ameisn-B'scheln.

Zum Ameisn-B'scheln
waarst aa no viel z'schlecht,
zum Muckn-Abreitn,
da waarst netta recht.

1985 bekommen von Maria Schreiber, Bad Reichenhall. *Loamantegei* – Leimtiegelchen

Znagst hat ma mei Diandl a Briafei zuagschriebm

Der Fensterstock-Hias

1. Znagst hat ma mei Diandl a Briafei zuagschriebm,
warum i denn bei da Nacht gar nimma kimm,
sie moant, i waar schlimm,
weil i gar nimma kimm,
ho la ria rei, di ria rei di o.

2. Wia i 's Briafei hab glesn, hat ma 's Herz im Leib glacht,
nacha bin i glei furt bei da stockfinstan Nacht,
hab auf gar nix mehr g'acht
bei da stockfinstan Nacht,
ho la ria rei, di ria rei di o.

3. Wia i zuawi bi kemma, schleich i umi ums Eck,
schau eini bein Fensta, han s' no net im Bett –
is des net a Gfrett,
han s' no net im Bett,
ho la ria rei, di ria rei di o.

4. Und wia i so dasteh, hats mi sakarisch gfrorn,
in d'Händ und in d'Füaß und im Gsicht und in d'Ohrn,
im Gsicht und in d'Ohrn
bin ich schier gar dafrorn,
ho la ria rei, di ria rei di o.

5. Na fang i bein Fenstal a Greisplwerk o,
hat mi 's Diandl glei kennt, hat ma 's Fenstal aufto:
»Ko net sein, liaba Bua,
es is no koa Ruah«,
ho la ria rei, di ria rei di o.

6. I leg mi a Zeitl unta d'Strohschupfa hi,
wia s' schlafn san ganga, kimmts außa um mi:
»Is da Riegl net vür,
magst di warma bei mir«,
ho la ria rei, di ria rei di o.

7. Sie nimmt mi bein Arm, führt mi eini ins Haus,
iatz han ma scho sicha, weil da Baua net schaut,
weil da Baua net schaut,
drum ham ma uns traut,
ho la ria rei, di ria rei di o.

8. Und wia i a wengerl beim Diandl bin glegn,
da kimmt scho da Baua mitn Ochsnzeam z'wegn,
mitn Ochsnzeam z'wegn,
und i bin so guat glegn,
ho la ria rei, di ria rei di o.

9. Da gibt ma mei Diandl den heilsama Rat:
»Steig außi bein Fensta, bei da Tür is' scho z'spat!«
»I dank da für'n Rat,
bei da Tür is' scho z'spat«,
ho la ria rei, di ria rei di o.

10. Und wia i bein Fensta bin außikrocha,
da is ma da Fenstastock abibrocha –
des Sakara-Glump,
mitanand liegn ma drunt,
ho la ria rei, di ria rei di o.

11. Da Baua schreit nachi: »Geh, Hiasei, hoho,
so laß ma do dengast mein Fenstastock da!
Du konst'n net braucha,
aba mir geht er a(b)!«
ho la ria rei, di ria rei di o.

12. »Du narrischa Baua, er waar dir vagunnt,
i liaß 'n scho da, wann i rausschliafn kunnt,
wann i rausschliafn kunnt,
aus dem Sakara-Hund«,
ho la ria rei, di ria rei di o.

13. Wia i hoamkemma bi, nimm i Hack und Sappi,
hab a halbe Stund gschlagn, bis i'n ledig wordn bi,
bis i'n ledig wordn bi,
den Sakaradi,
ho la ria rei, di ria rei di o.

14. Wanns an jedn so gangat, wia's mir hat ganga,
möcht koana mehr geh in a Mentschakamma,
zum Flöh abfanga
mitn mitn Denglhamma,
ho la ria rei, di ria rei di o.

Ochsnzeam – Ochsenziemer, *Sappi* – Spitzhacke.

Siehe S. 172 »Der Fensterstock-Hias war ein Rupertiwinkler«.

Fuchspassn mag i net

1. Fuchspassn mag i net,
weils ma viel zu kalt is,
drum geh i's wieda hoam,
ausn Wald, ohne Balg.

2. Is's denn net schad um mi,
daß i net vaheirat bi,
daß i koa Weibal ho –
waar so a Mo!

Anfang der dreißiger Jahre gelernt von Heidi Stieber in Marquartstein.

Es war amal a junger Soldat

1. Es war amal a junger Soldat,
ein junges, frisches Blut,
auf Schildwach mußte er stehen,
wohl auf dem Markgrafen sein Gut.

2. Und als er von der Wache kam,
da legt er sich nieder und schlief,
da kam die junge Markgräfin daher,
mit leiser Stimme sie rief:

3. »Soldat, Soldat, mein junger Soldat,
steh auf, es ist noch Zeit,
eine kleine Weil sollest du schlafen bei mir,
das wär meine einzige Freud!«

4. Und als sie so beisammen liegn
und denken, sie sind ganz allein,
da führte der Teifi das Kuchlmensch her,
beim Schlüsselloch schaut sie hinein.

5. »Herr Graf, Herr Graf, was Neues zu hörn
von Ihrem jungen Weib;
Da drinnen liegt ein junger Soldat
auf ihrem schneeweißen Leib!«

6. Da sprach der Herr Graf in seinem Zorn:
»Der muß aufgehänget sein!
Einen Galgen lass' ich aufbauen,
aus Gold und Edelgestein.«

7. Und als der Galgen fertig war,
führt man ihn zum Galgenberg nauf;
da kam der Befehl vom Kaiser heraus,
man sollt lassen ihm freien Lauf.

8. Und als er ausgelassen war,
da ging er auf grüner Heid,
da kam die junge Markgräfin daher,
mit leiser Stimme sie fragt:

9. »Soldat, Soldat, mein junger Soldat,
wohin steht jetzt dein Sinn?«
»In Leipzig und Dresden, da bin ich gewesen,
jetzt geht meine Reise nach Wien.«

10. Was zog sie von ihrem Finger herab?
Ein Ringlein fein von Gold:
»Nimm's hin, nimm's hin, du lieber Soldat,
das gehört zu deinem Sold.«

11. Was zog sie aus ihrer Taschn heraus?
Wohl fünfzig Dukatn in Gold:
»Nimm's hin, nimm's hin, du lieber Soldat,
und kaufe dir Wein und Brot!

12. Und wenn dir der Wein zu sauer ist,
so kauf dir a guats Glasl Bier,
und wennst du dein Geldl versoffen hast,
kimmst wieda und schlafest bei mir!«

Um 1937 herum aufgeschrieben im Gasthof Meier in St. Georgen a. d. Traun. Gesungen hat es ein Störschneider namens Otto Lackner. Er wußte noch andere Lieder dieser Art, die ich mir später holen wollte. Es kamen aber Militärzeit und Krieg dazwischen. Als ich ihn dann Anfang der fünfziger Jahre aufsuchen wollte, war der Lackner nicht mehr am Leben. Vgl. Zeitschr. Das deutsche Volkslied, 44. Jg., S. 811 sowie auch das Lied vom »Jungen schwarz' Schlossergeselln« in Geschw. Schiefer, Herent und drent. München 1977, S. 32.

Bauernrätsel

Kimmt a Langer übern Anger und fragt:
Is da Hoh' dahoam?
An Hund fürcht i eh net!
(Der Regenwurm)

Ein Bauer sprach beim Säen:

Kommen sie, so kommen sie nicht,
kommen sie nicht, so kommen sie.
Besser wär's, sie kommen nicht,
denn wenn sie kommen,
so kommen sie nicht!
(Körner und Tauben)

Die Sonne neiget sich

Brautlied

1. Die Sonne neiget sich, geht nun zur Ruh',
sie wirft den letzten Blick uns freundlich zu;
es ist das letzte Mal,
daß der Sonne Strahl
in deinem Kämmerlein als Braut dich schaut.

2. Die Sternlein ohne Zahl in ihrer Pracht,
sie wünschen tausendmal dir gute Nacht.
Wird dir das Herz auch schwer,
blick auf zum Sternenheer!
Er, der ihr Lenker ist, dich nie vergißt.

3. Schon glänzt vom Himmel her des Mondes Licht,
als alter Mahner er heut zu dir spricht:
Hast du geprüft dein Herz,
treibst du damit nicht Scherz?
Es ist die letzte Nacht, junge Braut, gib acht!

Aus dem handgeschriebenen Liederheft von Franziska Holzner, Straßenwärterstochter von Urwies bei Piding, 1909. Das Lied ist heute noch im Chiemgau und im Rupertiwinkel bekannt. Freundinnen der Braut singen es am Vorabend der Hochzeit vor ihrem Elternhaus.

Wann i amal heirat

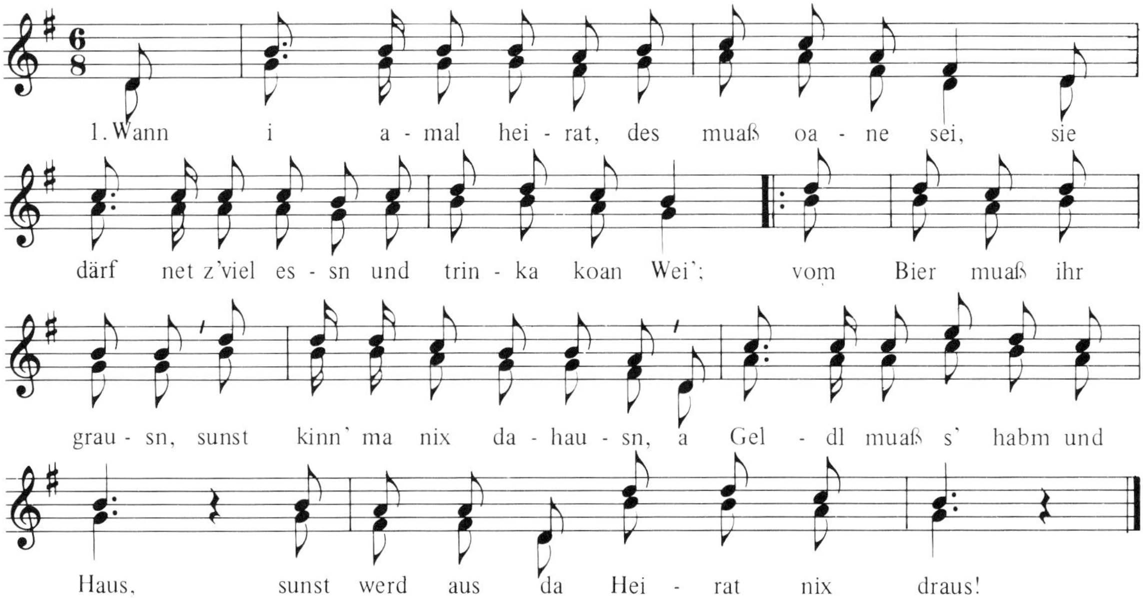

1. Wann i amal heirat, des muaß oane sei,
   sie därf net z'viel essn und trinka koan Wei';
   vom Bier muaß ihr grausn, sunst kinn' ma nix dahausn,
   a Geldl muaß s' habm und a Haus, sunst werd aus da Heirat nix draus!

2. An Kaffee wanns ma trinkat, i schlagats maustot,
   dafür muaß s' ma essn a schwarz' Stückei Brot;
   den Zucker vernaschn, 's Geld stehln aus da Taschn –
   a so wenns es machat mei Wei, i schlagats maustot mit an Scheit!

3. Und will s' eppan gar nach da neu'n Mode a Gwand –
   waar gscheita, sie nahmad an Besn in d'Hand;
   auf d'Wirtschaft muaß s' schauen, des ghört für die Frauen,
   nur so kimmt a Geldl ins Haus, aba grad auf de neu Mode gangs aus.

4. Und wenn i spätabends vom Wirtshaus hoamgeh,
da Stiefiziahga muaß scho in Bereitschaft dasteh;
sie muaß mi nehma beim Handal, muaß ma ausziahgn mei Gwandal,
mei liaba Mo, muaß sie glei sagn, geh, laß di ins Bett einitragn.

5. Im Bett muaß s' ma munta sei, net so maustot,
sunst leidt ja beim Deixl da Ehstand a Not;
sie muaß mi drücken und küssen, von da Liabschaft muaß s' wissen,
denn mit da Zeit werad ma alt, wo oan der Gspoaß a nimma gfallt.

Aus dem Liederbestand von Sepp Buchner, vulgo Gamsei, in Bergen.

Kirchweih

»A lustiga Kirta
dauert Sunnda, Moda und Irta,
und es ko si schicka,
diam gar bis zum Migga.«

Aba drinnahal' Reichnhall

Gstanzl

Aba drinnahal' Reichnhall,
da liegt Berchtsgadn,
schöne Diandln san drin,
aba heraußt sollt ma's habn.

Zwoa dorate Weiba
de schmatzn a lange Zeit,
vasteht koane de anda,
ham doch a Mordsfreud.

Und wenn i amal heiret,
na heiret i nei' (neun),
drei häng i, drei dreng (tränk) i,
drei spirr (sperr) i ma ei'.

Und 's Diandl is vo Fridolfing,
möcht si gern niedalegn,
da Bua is vo Radego (Radegund),
laaft glei davo.

Und 's Diandl hot oan g'hot,
und i ho gmoant, sie hat mi,
dawei hat 's Diandl zwölf ghat,
und da dreizehnt war i.

Unda da Beng (Bank) suachst mi a weng,
wennst mi findst, tan ma'r a weng
Zithanschlagn bei da Nacht
bis auf Mittag.

's Fegfeuer is ausgloschn,
d'Höll is eiskalt,
da Teifi wird aa hi',
is eh scho stoanalt.

Da kommt da Herr Pfarra und sagt:
»'s Tanzn is a Sünd'!«
Dawei tanzt a selba,
daß eahm 's Kappe davospringt.

Und an Nachban eahna Dirn,
de frißt grosgreane Birn
und roude (rote) Ruam dazua,
bringts's Lo(ch) nimma zua.

Und 's Diandl an Dickat drin
hat si vawicklt drin,
hat eahm an Bau(ch) sauba z'kreit
des hat mi gfreit.

Bekommen von Theresia Rothenaicher. Eine Auswahl aus der Sammlung von Schnaderhüpfeln, die sie in ihrem Heimatgebiet um Halsbach aufschreiben konnte.

I hab halt a Kreuz mit mein' Weib

1. I hab halt a Kreuz mit mein' Weib,
denn sie hat den Höllnteifi im Leib;
mit mir tuat sie grad, was sie will,
i kunnt ja glei scheltn so viel.

2. In da Früah hoaßts glei: »Mei liaba Schatz,
iatz gibst ma a Geld aufn Platz!«
Da kaft sie ei, grad was sie will,
was' an Tisch bringt, des is net recht viel.

3. Mei Weib hat des rareste Gwand,
des meinig is zrissn allsant,
sie wascht nix, sie flickt nix im Haus,
mir schaut 's Hemad beim Hosnz'riß raus.

4. Z'Mittag, wanns zun Fleischessn is,
da richts es scho ei aufn Bschiß,
sie steckt des guat Fleisch in ihrn Kragn,
und i ko de Boana abnagn.

5. Wenn 's Weibal spazierengeht aus,
sagt sie: »Mo, wasch de Kindshadern aus!«
Na spirr i halt umandum zua,
damit neamand siehgt, was i tua.

6. Und a Kind kriagt sie aa alle Jahr,
und i moan, es is no net bald gar.
Bei koan oanzign bin i dro schuld,
ja, da möcht oan vogeh de Geduld.

7. I werd net dalöst von der Plag,
bis 's Weibal net drinn liegt im Grab;
aft leg i an Zentnastoa drauf,
i wett, na stehts gwiß nimma auf.

8. Ja, Manna, es is enk recht gsund,
warum laßts an Weibats z'viel Schwung?
Da wachsns enk üba de Köpf,
und es seids de elendign Tröpf!

Aus dem Liederschatz von Sepp Buchner, vulgo Gamsei, in Bergen. Nach dessen Tod aufgenommen von seinem Sangesfreund Sepp Kammerlander, vulgo Kammei, in Ruhpolding.

Da Pfarra hat predigt

Üba d'Weibaleut

1. Da Pfarra hat predigt üba vastockte Sünda,
   warum sollt ma denn üba d'Weibaleut gar koans singa?
   Ham d'Luada an Stolz, daß 's frei gar nimma tuat,
   wannst bei oana vorbeigehst, vareißts da an Huat.

2. Wenn d'Weibaleut in Kircha gehn, is des scho a Sünd:
   Sie ziahgn so lang uma, daß koane z'früah kimmt,
   daß s' a jeder Mensch oschaugn soll, des woaß i gwiß,
   daß scho wieda oana fragn soll, was des für oane is.

3. Und sans in da Kircha, rennans glei in Stui nei,
sitzn si nieda und broatn si drei',
wia a Ochs mit siebm Viertl, der an Stall draußn steht,
sie denkn auf d'Hoffart und net aufs Gebet.

4. Nacha ziahgns halt schö stad eah Gebetbuach heraus,
sie toan als wanns lesatn, und schaugn drüba naus;
ham allwei an Blick auf die Mannsbilda hi,
ob denn gar koana herschaut, wia schö daß i bi.

5. Na schiabm sie's wieder ei, haun aufn Sack hi,
daß's a kloans bißl schepat, als hättn s' a Geld drin;
's Geld is ganz wenig, sie ham ja nix drinn
als an Kastnschlüssl und an Fingahuat und an Ablaßpfenning.

6. Sie wissn eah net z'helfn vor lauter Spreizn,
ziahgn 's Sacktüachi außa, fanga o zum Schneuzn,
des braucht scho a Arbat, bis s' Tüachei bringan vonand,
daß a jeda Bua siehgt, was s' für Fingerring hamt.

7. Und werds dann zum Opfergeh', ma solls ja net glabm,
sie drahn si wia a Fahn, de da Wind umawaht,
wanns a Stangl an Arsch drinn hättn, des waar z'wida,
da schlagat glei oane de ander nieda.

8. Und endli, da werd halt da Gottesdienst aus,
und nacha beim Hoamgeh, da richtn s' Leut aus,
sagt oane zu da andern: De is aa scho wieda broat!
So wia a halt geht, da Weibsbilda-Gsoat.

In den zwanziger und dreißiger Jahren in den Wirtshäusern rund um Söllhuben gern angestimmt von Adam Rothmayer (Samer z'Albersberg) und Hausl Obermeier (Kistler z'Kohlstatt).

Es hat ja amal oana g'sagt

's treue Diandl

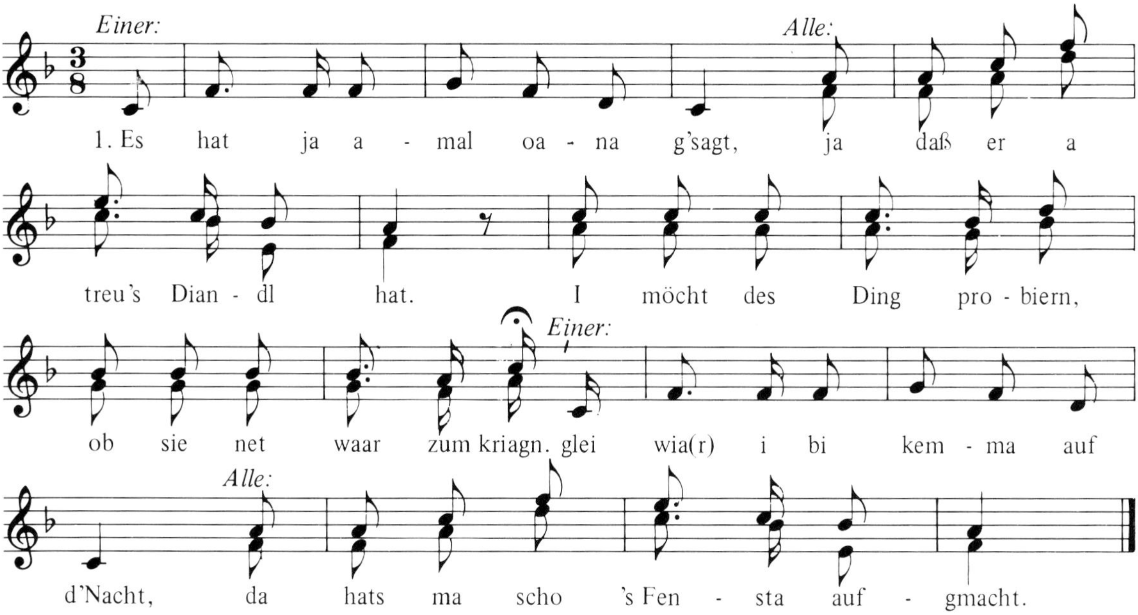

1.

E.: Es hat ja amal oana g'sagt,
A.: ja daß er a treu's Diandl hat.
I möcht des Ding probiern,
ob sie net waar zum kriagn;
E.: glei wia(r) i bin kemma auf d'Nacht,
A.: da hats ma scho 's Fensta aufgmacht.

2.

E.: Glei wiar i bin kemma auf d'Nacht,
A.: da hats ma scho 's Fenstal aufgmacht:
»Ko'st ja wohl einageh,
brauchst ja net draußn steh!«
E.: Aba oans hats ma sakrisch auftragn:
A.: I soll zu ihrn Buam ja nix sagn!

3.

E.: Aba oans hats ma sakrisch auftragn:
A.: I soll zu ihrn Buam ja nix sagn!
»Mir waars ja aa net recht,
wann er mi nimma möcht.
E.: Du wirst do koa Plauscha net sein?
A.: Si'st kimmst ma koa zwoats Mal herein!

4.

E.: Du wirst do koa Plauscha net sein?
A.: Si'st kimmst ma koa zwoats Mal herein!«
»Diandl, sei kindisch net,
i bins koa Plauscha net!
E.: Geh, ruck no gschwind umi dei Knia
A.: und laß mi a weng schlafn bei dir!«

5.

E.: Und wia i des Diandl hab ghabt,
A.: aft kimmt halt ihr Bua dahertappt:
»Diandl, pst!, meld di bald,
mir werds heraußtn z'kalt;
E.: geh, laß mi nur eini zu dir,
A.: bevor is heraußtn dafrier.«

6.

E.: »Aba, Büabei, heut hast ja koa Schneid,
A.: heut kimmst zu da unrechtn Zeit!
Es is völlings aus mit mir,
woaß ma net z'helfn schier:
E.: Mir toant just de Zähnt a so gschwärn,
A.: ja daß i fast narrisch kunnt werdn.

7.

E.: Mir toant just de Zähnt a so gschwärn,
A.: ja daß i fast narrisch kunnt werdn.«
Ihr Bua hat ihr alls schö glaubt,
er hat ihr weit z'viel traut;
E.: is freundli vom Fensta ganga
A.: und hat freundli Abschied gnomma.

8.

E.: Und wia a von Fensta is weg,
A.: aft hab i mi halt einiglegt.
So gehts beim Karassiern,
dabei die Leut ausschmiern!
E.: Drum laß i de Diandl iatz steh,
A.: sunst kunnts ma grad aa-r a so geh.

Mitte der dreißiger Jahre in Grödig/Salzburg von einem Männer-Viergesang gehört. Einer der Sänger war Tobi Reiser. Stammtischler im Gasthaus Staufenbrücke in Piding b. Bad Reichenhall sangen es auch. Vgl. Konrad Mautner, Lieder und Weisen a. d. steiermärkischen Salzkammergut. Graz 1918, S. 228, »Buama, thuats losn mit Fleiß«.

Hörst, Brüadal, was i hab ghört von dir …

Da voheiret' Bruada

1. *Erster:* Hörst, Brüadal, was i hab ghört von dir, a Weibal hast da gnumma?
Zweiter: Es is no kam sechs Wocha her, daß gschehgn is dieses Wunda!
Erster: Ja, wirds da wohl iatz bessa geh?
Zweiter: Ja, ja, des därfst ma glaubm!
Erster: Und könnts enk a recht guat vosteh?
Zweiter: Als wia a jungs Paar Taubm!
(Refrain)
Beide singen ihren Text gleichzeitig
Erster: Und i möcht net voheiret sei, um keine Million,
pfüat di God, i mag koa Weib, i kenn das Leben schon!
Zweiter: Aba i votausch mei Heirat net, um keine Million,
schaug i bloß mei Weibal o, dann bin i glücklich schon!

2. *E.:* Hab ghört, es habts a Heiratsguat von drei-viertausnd Guldn?
Z.: 's Geld kriagn ma erst, wann d'Muatta stirbt, daweil mach ma brav Schuldn.
E.: Und wenn ihr kommt in große Not?
Z.: Drauf wolln ma ganz vogessn!
E.: Und wenn ihr habt kein schwarzes Brot?
Z.: Na tean ma Semmin essn.
(Refrain) Und ich möcht net . . .
Aba i votausch mei . . .

3. *E.:* Was hat dei Weib mitn großn Topf znachst auf da Gassn wolln?
Z.: Hörst, Brüadal, des hat zum Fruahstuck ghört, sie hat müassn a Milli holn.
E.: Ja, saufts denn es soviel Kaffee?
Z.: Es braucht nix übaz'bleibm!
E.: Ja, tuat denn des dein' Sack net weh?
Z.: Na na, i laß aufschreibm.
(Refrain)

4. *E.:* Aba fleißig is' ja wohl dei Weib, und 's Kocha werds wohl kinna?
Z.: Geh, laß mi mit der Dummheit aus, sie ko ja recht schö singa!
E.: Wer flickt dir denn dei Hemad aus?
Z.: I hab no nia oans zrissen!
E.: Was tuat dei Weib denn sonst im Haus?
Z.: Klavierspieln und mich küssen!
(Refrain)

5. *E.:* Treu bleibts dir aba do, dei Weib? Um des muaß i di fragn.
Z.: Bal i bei ihr steh, redts mit koan, des sell ko i dir sagn.
E.: Ja, hats da nia an Schwaga bracht?
Z.: Na na, des müaßt i lüagn.
E.: Und hats gar nia an Fehltritt gmacht?
Z.: Erst gestan auf da Stiagn.
(Refrain)

6. *E.:* Hörst, Brüadal, dei Heirat gfallt ma net, es werds wohl Kinda kriagn?
Z.: Hörst, Brüadal, da mach i ma garnix draus, i tuas scho recht brav wiagn.
E.: Ja und beim Rahm, da geht z'viel auf?
Z.: Sie derf ma ja koan nehma!
E.: Ja ziahgts es denn mitn Wassa auf?
Z.: An Branntwei will i's gwöhna.
(Refrain)

7. *E.:* Ja, und der Binkl auf dein Kopf – des därf i wohl net hoffa?
Z.: Hat wolln mei Weib a Fliagn daschlagn, hat ungefähr mi troffa.
E.: Ja, und da Kratza an da Wang?
Z.: Am Nagl hab i mi grissn.
E.: Aba der beim Ohr, der is net lang . . .
Z.: Da hat mi 's Luada bissn.
(Refrain)

8. *E.:* Was tatst denn aft, wanns waar der Fall, daß 's Weib vor dir tat sterbn?
Z.: Des überflüssig Jammern halt, des tat i wohl vabergn.
E.: Was tatst denn na, wenns waar der Fall? I ruafat zu mein God.
Z.: Wia ruafatstn denn nacha o?
E.: Wia der geduldig' Job:
Z.: Der Herr hats mir gegeben und gnumma wieder 's Weib,
der Name Gott des Herren, er sei gebenedeit.

Mit diesem bäuerlichen Couplet sind in den dreißiger Jahren zwei Rupertiwinkler Volkssänger weitum bekannt geworden: der Zimmerer und Bauer Mathias Ramstötter, vulgo Auer Hias, von Neukirchen sowie der Schrankenwärter Raimund Hunklinger von Achthal. Beide längst gestorben, ist die Erinnerung an sie bis heute lebendig. Ich habe sie gut gekannt; die Melodie des lustigen Frage-und-Antwort-Liedes liegt mir für alle Zeit im Ohr. Den vollständigen Text überließ mir freundlicherweise eine Tochter von Raimund Hunklinger, Frau Erna Dürrer in Achthal. (Vgl. Konrad Mautner, Alte Lieder und Weisen aus dem steiermärkischen Salzkammergut. Graz 1918, S. 245.) Das »Nachgsangl«, das Ramstötter und Hunklinger gern draufsetzten, ist auf der folgenden Seite notiert. Hias und Raimund ernteten mit ihrer angeborenen komödiantischen Begabung überall Beifall, wo sie sich auch hören ließen, in der Wirtsstube oder bei Vereinsveranstaltungen. Rund um den Teisenberg erzählt man sich immer noch, wie sie bei der eigenen Hochzeitsfeier des Auer Hias vom Tisch herab ihr nicht gerade ehestandsfreundliches Lied vom »verheirateten Bruada« zum besten gaben. Im übrigen gehörten sie zum Stamm der einstmaligen Singgruppe »Die jungen Neukirchner«. (Siehe »Die alten und die jungen Neukirchner«, S. 163) zum vorausgehenden Lied »Hörst, Brüadal, . . .

Nachgsangl

Kinderreime

Und 's Gschichtl is aus,
da draußt lauft a Maus,
wennst as dawischst,
machst dir a Pelzkappn draus.

Vom Samerberg

I wünsch' dir a guats Nachtl,
untern Buckl a Hachtl,
untern Kopf a Iglhaut,
da wirst na guat liegen drauf.

Hachtl – Hechel zur Flachsbearbeitung.

Ja, was hört man …

Spottlied auf die Gemeinden im Berchtesgadener Land

1. Ja, was hört man von den *Ramsauern?*
Starke Leut! Starke Leut!
Starke Leut und doch saudumm;
de schiaman doch de Kirch herum!
D'Ramsauer Gmeind, de is bekannt,
weils de Kunterwegkirch verschoben ham.

2. Ja, was hört man von den *Schönauern?*
Viele Herren, wenig Bauern!
Viele Herren, wenig Bauern,
hört man von den Schö-önauern.
D'Schönauer Gmeind', de is bekannt,
ja weils so viele Großköpf ham.

3. Und was hört man von den *Königsseern!*
Stolze Leut! Stolze Leut!
Im Summa, ja, da hams an Wind,
aber im Winter sans im Katznscherm drin.
Königsseer Gmeind', des is bekannt,
ja weil de Katznscherm koan Fried net ham.

4. Und was hört man von den *Salzbergern?*
Wenig Dirndln, viele Buam!
Wenig Dirndln, viele Buam,
ja, de ziahgn sie auf wia d'Ruam.
D'Salzberger Gmeind', de is bekannt,
ja weils so viele Frischling ham.

5. Und was hört man von den *Auern?*
Wenig betn, viel zum trauern!
Wenig betn, viel zum trauern,
ja, das hört man von den Auern.
De Auer Gmeind', de is bekannt,
weils in da ganzn Gmoa grad oan Rosn-
kranz ham.

6. Und was hört man von den *Scheffauern?*
Wenig Bäuerinna, viele Bauern!
Wenig Bäuerinna, viele Bauern,
hört man von den Sche-effauern.
D'Scheffauer Gmeind', de is bekannt,
ja weil de Bauern de Zegger tragn.

7. Und was hört man von den *Schellnbergern?*
Gar nix habm, viel verzehrn!
Gar nix habm und viel verzehrn,
hört man von den Schellnbergern.
Wer gar nix hat und viel vertuat,
der is auf Schellnberg abi guat.

8. Und was hört man von den *Gerern?*
Gerer-Pfleim, Garei-Leim!
Gerer-Pfleim und Garei-Leim,
beim Teifi möcht i koa Gerer sein!
De Gerer Gmeind', de is bekannt,
ja weils so viele Pfleim drin ham.

9. Und was hört man von den *Markterern?*
Schöne Dirndl, guat sans gwachsn,
Schöne Dirndl und guat gwachsn,
aber an Buckl hams voll Fratzn!
D'Markterer Gmeind', de is bekannt,
ja weils so viele Fratzen ham.

10. Und was hört man von den *Bischofswiesern?*
Große Leut! Große Leut!
Große Leut und waarn gern stoark,
des is da Bischofswieser Stroach.
Bischofswiesner Gmeind', de is bekannt,
ja weils von den Tisch no koan
gschmissn ham.

Schlußgstanzl
Und jetzt ham ma's enk gsunga,
und jetzt habts es halt ghört,
und mir hoffn, daß' mit der Zeit
doch bessa werd!

Gehört zum Liederbestand der »Markterer Sänger« in Berchtesgaden. (Siehe S. 167. »Und im Berchtsgadner Landl«.

Aba Diandl, sei g'scheit

Gstanzl

Aba Diandl, sei g'scheit,
tua di haltn an mi,
wann da Cheamsee austrikkat,
nacha kimm i um di!

Wann da Cheamsee austrickat
und i bi net da,
ja so woaßt as ganz gwiß,
daß i a andane ha'.

Bi ganga auf Traunstoa,
san kloane drei Stund,
da ha' i mein Schatz vatauscht,
für an kloan Hund.

I bi a jungs Bürschl,
derf koa Zeit net valiern,
de schönestn Töchta
hat da Wirt vo Sankt Irgn.

Bi a kreuzlustigs Bürschl,
gebürti von Stoa,
eh daß i a Schiache liab,
bleib i alloa.

1967 vorgesungen vom Austragler Johann Glöcklhofer, Hatzbauer in Aich bei Pirach.

Sankt Irgn – St. Georgen a. d. Traun, *Stoa* – Stein a. d. Traun

Jetzt wolln ma oans singa

Da Wirtsseppal z'Garching

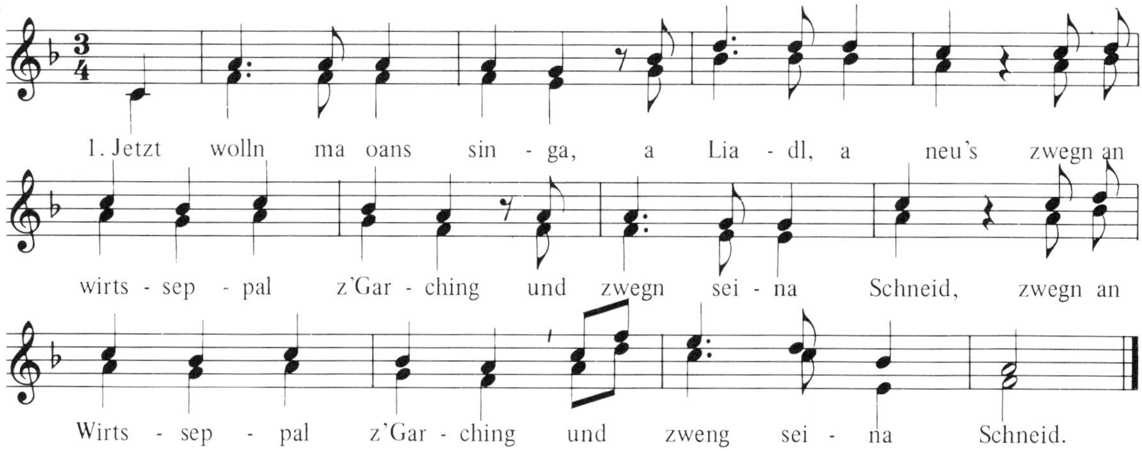

1. Jetzt wolln ma oans singa,
   a Liadl, a neu's,
   zwegn an Wirtsseppal z'Garching
   und zwegn seina Schneid.

2. Vom Wirtsseppal z'Garching
   habts öfta scho ghört,
   aba an Kini vo Boarn
   is a dreimal desatert.

3. Und da Kini vo Boarn
   hat an Steckbriaf ausgebm,
   zwegn an Wirtsseppal z'Garching
   und sein lustinga Lebm.

4. Und d'Steckbriaf san ganga
   bergauf und tala(b),
   wia i auf Kraiburg bin kemma,
   san d'Steckbriaf scho da.

5. Jetz bin i halt ganga
   auf de Dorfener Bruck,
   da hab i mei Hüatei
   ins Gsicht einadruckt.

6. Aft bin i halt ei'kehrt
   beim Dorfener Wirt,
   und wia i mi umdrah,
   stehn d'Schandarm in da Tür.

7. Da hättn s' mi bandlt,
   hättn mi aufi an Wagn,
   aba daweil hab is gschmissn,
   daß de Tschako san gflogn.

8. Aft hams mi halt bandlt,
   hamt mi aufi an Wagn,
   na san ma vo Kraiburg
   auf Mühldorf neigfahrn.

9. Und wia ma vo Kraiburg
auf Mühldorf san gfahrn,
ham d'Vögal in Baman (Bäumen)
eahne Liadl valorn.

10. Da Landrichta z'Mühldorf
schaut mi fuchsteifiswild o:
»Bist da Wirtsseppal z'Garching,
da bist da Recht scho!«

11. Und d'Landrichtarin z'Mühldorf
schaut mi kreuzvoliabt o:
»Und an Wirtsseppal z'Garching
hängts ma net so lang o!«

12. Und da Landrichta z'Mühldorf
hat ma 's Urteil gsprocha,
auf drei Jahr und sechs Monat
gehts dahi auf d'Wocha.

13. Drei Jahr und sechs Monat,
des is halt a Zeit,
gang i liaba zum Diandl,
solang als 's mi gfreut.

14. Aba 's Diandl is net da,
is z' Öding druntn,
hat ma a Meßbüachi gschickt,
is mit Gold ei'bundn.

15. Hat ma a Meßbüachi gschickt
und a Briafei dazua:
»Aba sei ma net trauri,
mei ei'gspirrta Bua!

16. Aba sei ma net trauri,
mei ei'gspirrta Bua,
du kehrst bei mein Schlaffenstal
bald wieda zua!«

Wirtsseppal-Gstanzl

Und da Wirtsseppal z'Garching
hat sei Zithan vokaft,
zwegn da Not is' net gwen,
aba 's Geld hat a braucht.

Und de Buama im Wirtshaus
ham Diandl bei eah,
wia da Wirtsseppal z' Garching
sei Zithan, de grea.

Es is koana gwen
und kimmt koana mehr a,
wia da Wirtsseppal z'Garching,
da Zithanschlaga!

Siehe S. 170. »Es is koana gwesn, kimmt koana mehr aa . . .«

Bin a lustiga Bua

Da Kletznbrotfoppa

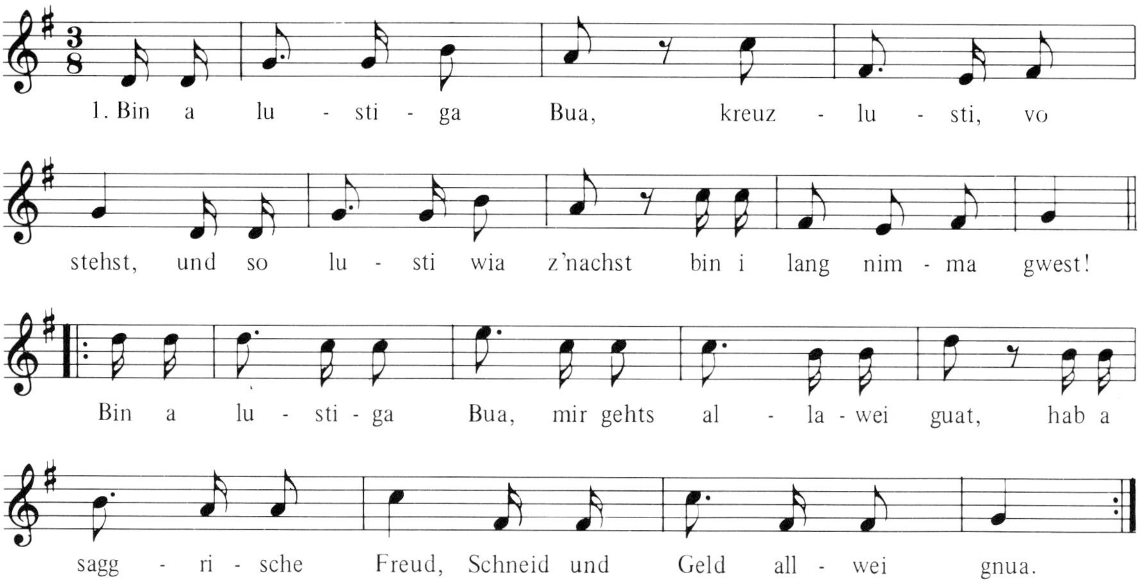

1. Bin a lustiga Bua, kreuzlusti, vostehst,
   und so lusti wia z'nachst bin i lang nimma gwest!
   Bin a lustiga Bua, mir gehts allaweil guat,
   hab a saggrische Freud, Schneid und Geld allwei gnua.

2. Iatz mua' i ma halt gent a Truch o'frimma,
   si'st ko i mei Geld nimma untabringa.
   De Kufern, des is halt mitn Gwand soviel voll,
   drum bring i mei Geld nimma unta, woaßt wohl!

3. Z'Weihnachtn, da is' halt um mi völli aus,
   da bringans ma 's Kletznbrot zuawa zun Haus.
   Sie bittn und bedln und haltn mi o:
   »Geh, nimm ma dea't heua mei Kletznbro a'!«

4. Was will i denn macha, was will i denn sagn?
So mua' is halt ghaltn, weg toans ma's net tragn!
Des bessa, de ho' i an Tenn aufizoa't,
de andan sechs Klafta ums Haus umigloah't.

5. An Kirta, da gehts ma mitn Buschn a so,
da kimmt net grad oane, na, oane a zwo!
Da bringt halt a jede an Buschn daher,
und i gibs da Stalldirn für unsane Küah.

Nachgsangl

1932 bekommen von Benno Ringsgwandl, Gütler in Ruhpolding. Das Lied geht zurück auf eine Dichtung von Bartholomäus Hutter, geb. 1823 in Piesendorf im Pinzgau, gest. als Pfarrer von Bruck. (Zeitschr. Salzburg–Natur–Kulturgeschichte, 2. Jg., Folge 4.)
Truch o'frimma = eine Truhe anfertigen lassen, bestellen – *Buschn* – im Pinzgau das Hutsträußchen, das der Bursch an Kirchweih vom Mädchen angesteckt bekam.

Oans, zwoa und drei . . .

Schiffleut – Kettengsangl

1. Oans, zwoa und drei, alt is net neu,
neu is net alt, aba warm is net
kalt, kalt, kalt,

2. kalt is net warm, reich is net arm,
arm is net reich, aba ungrad is net
gleich, gleich, gleich,

3. gleich is net ungrad, da Wagn, der hat vier Rad',
vier Rad' hat da Wagn, aba singa is net
sagn, sagn, sagn,

4. sagn is net singa, tanzn is net springa,
springa is net tanzn, aba Flöh san koane
Wanzn, Wanzn, Wanzn,

5. Wanzn san koane Flöh, wohl tuat net weh,
weh tuat net wohl, aba leer is net
voll, voll, voll,

6. voll is net leer, a Knecht is koa Herr,
a Herr is koa Knecht und a Karpf is koa
Hecht, Hecht, Hecht,

7. (a) Hecht is koa Karpfn, a Zitha is koa Harpfn
a Harpfn is koa Zitha, aba süaß is net
bitta, bitta, bitta,

8. bitta is net süaß, Händ san koane Füaß,
Füaß san koane Händ, aba Nasn san koane
Zähnd, Zähnd, Zähnd,

9. Zähnd san koane Nasn, Hund san koane Hasn
Hasn san koane Hund, aba krank is net
g'sund, g'sund, g'sund,

10. g'sund is net krank, a Stui is koa Bank,
a Bank is koa Stui, aba Buam gehngan in
d'Schui, d'Schui, d'Schui,

11. in d'Schui gehngan de Buam, a Kraut is koa Ruam,
a Ruam is koa Kraut, unsa Dirn is a Braut, Braut, Braut,

12. a Braut is unsa Dirn, Äpfi san koane Birn,
Birn san koane Äpfi, und a Maß is koa Tröpfi, Tröpfi, Tröpfi,

13. a Tröpfi is koa Maß, a Kruag is koa Glas,
a Glas is koa Kruag, aba wenig is net g'nuag, g'nuag, g'nuag,

14. g'nuag is net wenig, a Dreck is koa Henig (Honig),
a Henig is koa Dreck, und a Schwartn is koa Speck, Speck, Speck,

15. a Speck is koa Schwartn, spieln tuat ma mit de Kartn,
mit de Kartn tuat ma spieln, d'Schiffleut fahrn Zilln, Zilln, Zilln,

16. Zilln, de fahrn d'Schiffleut, d'Narrn,
de werdn nia g'scheit,
nia g'scheit werdn d'Narrn –

Dieses Kettenlied hat uns Kindern die Mutter, Anna Fanderl, oft ins Bettstattl gesungen. Ich kann heute noch alle Strophen auswendig.

San ma unsra zwoa …

Wirtshauslied

1. San ma unsra zwoa,
   san ma unsra drei,
   san ma unsra zwoa oda drei,
   wer war bei da Kellnarin dabei?
   I aba net, du aba scho,
   i aba net, du aba scho,
   i aba net, du aba scho,
   i aba net, du!

2. San ma unsra drei,
   san ma unsra vier,
   san ma unsra drei oda vier,
   wer zahlt da Kellnarin 's Bier?
   I aba net, du aba scho, usw.

3. San ma unsra vier,
   san ma unsra fümf,
   san ma unsra vier oda fümf,
   wer zahlt da Kellnarin d'Strümpf?
   I aba net, du aba scho, usw.

4. San ma unsra fümf,
   san ma unsra sechs,
   san ma unsra fümf oda sechs,
   wer zahlt da Kellnarin de Zech?
   I aba net, du aba scho, usw.

5. San ma unsra sechs,
san ma unsra siebm,
san ma unsra sechs oda siebm,
wer is bei da Kellnarin bliebm?
I aba net, du aba scho, usw.

6. San ma unsra siebm,
san ma unsra acht,
san ma unsra siebm oda acht,
wer hat de Kellnarin o'glacht?
I aba net, du aba scho, usw.

7. San ma unsra acht,
san ma unsra neun,
an ma unsra acht oda neun,
wer muaß da Vata sein?
I aba net, du aba scho, usw.

8. San ma unsra neun,
san ma unsra zehn,
san ma unsra neun oda zehn,
wer muaß um d'Hebamm gehn?
I aba net, du aba scho, usw.

9. San ma unsra zehn,
san ma unsra elf,
san ma unsra zehn oda elf,
zahln muaß a jeda de Hälft!
I aba net, du aba scho, usw.

Bekommen vom sangesfreudigen Richard Demmel, Garching/Alz. »Solang der alte Nigl Wastl von Garching noch gelebt hat und wir haben uns im Wirtshaus getroffen, hat's nicht lang gedauert, und er hat das Lied angestimmt.« Vgl. Zeitschr. Das deutsche Volkslied, 17. Jg., Wien 1915, S. 95.

Gred'

Schamst di net? Mit fuchzehn Jahr scho an Loder habm, aber da Muatta net zum Dreißga gratuliern!

»Und des wolln alle amal Engl werdn«, hat der Pfarrer gseufzt, wia mittn in der Nacht Bsuffane unter sein' Fenster gschrian ham.

Bin ich ein Jüngling von zweiundzwanzig Jahren

Der Deserteur

1. Bin ich ein Jüngling von zweiundzwanzig Jahren,
schwere Eisen, die mußt ich tragen,
einen Leibring wohl um die Mitt,
Hände und Füße z'sammgeschmiedt.

2. Morgens früh um halbe neuni
tragt man mir das Frühstück eini;
viele Herrn sind g'laden ein,
ich werd selbst das Frühstück sein.

3. Und sie führen mich über das Pflaster,
meine Augen, die stehn im Wasser,
und mein Herz, das ist betrübt,
weil ich schon weiß, was mir geschieht.

4. Über die Leiter muß ich steigen,
viele Engel werden mich begleiten,
und Maria, die Mutter mein,
wird bei Gott meine Fürsprech'rin sein.

5. Pfüat euch Gott, du Vater und du Mutter,
pfüat euch Gott, die Schwester und der Bruder,
pfüat euch Gott, ihr Freunde und all,
heut seht ihr mich zum letzten Mal.

6. Nun muß ich euch zum Schlusse noch was fragen:
Warum mußt ich leiden solche Qualen?
Darum, Freunde, bleibt stets hier,
ihr habt gesehn, wie's ging mit mir.

1982 vorgesungen von Loni Schmalholz in Holzhausen bei Bernhaupten. Sie hat das Lied von ihrem Vater Albert Steiner, der zu den Gamsei-Sängern in Bergen gehörte.

Zu Sankta Luzia, an der Kirchhofsmauer

1. Zu Sankta Luzia, an der Kirchhofsmauer,
von drei Seiten von dem Feind umringt,
trotzt eine Heldenschar dem Totenschauer,
die Kugel pfeift, und die Granate singt.
Wer kennt die Schar? Die Welt, sie kennt sie schon,
es war das zehnte Jägerbataillon.

2. Hoch auf dem Berg, dem Berge der Madonna,
die römisch' Gard' ist stark und fest verschanzt,
doch muß sie weichen vor der Abendsonne,
die Jäger ham ihr Bajonett gepflanzt.
Im Sturme ruft der Feind noch um Pardon,
Vizenza g'hört dem Jägerbataillon.

3. Nur vorwärts, vorwärts, tapfre Krieger,
scheut nicht die Kugel und die kühle Gruft,
Tod oder Leben, immer bleibt ihr Sieger,
hört Kopals Stimme, die zum Kampfe ruft.
Es stehet fest für Österreichs Kaiserkron'
der letzte Mann vom zehnten Bataillon.

Vorgesungen von Monika Scheck, Grassau. Das Lied der österreichischen »Kopaljäger«. Das 10. Jägerbataillon stand 1848 in Italien. Die Schlacht bei Santa Lucia war am 6. Mai. Das Lied ist in vielen ostoberbayerischen Handschriften enthalten.

Die Barbara mit'n Turm,
die Margaret mit'n Wurm,
die Katharina mit'n Radl,
san die drei heiligen Madl.

Heita, mei Büabei tuat schlafa

1. Heita, mei Büabei tuat schlafa,
   hat ja gar nix mehr zun schaffa,
   hat ja gar nix mehr zun toa,
   is ja no gar so viel kloa.

2. Heita, i will dir was singa,
   Apfilein will i dir bringa,
   Zucki und Kuachi und Kern
   ißt ja mei Büabei so gern.

Von meiner Mutter Anna Fanderl, die in Frasdorf aufgewachsen ist.

Kuckuck! Wo bist?

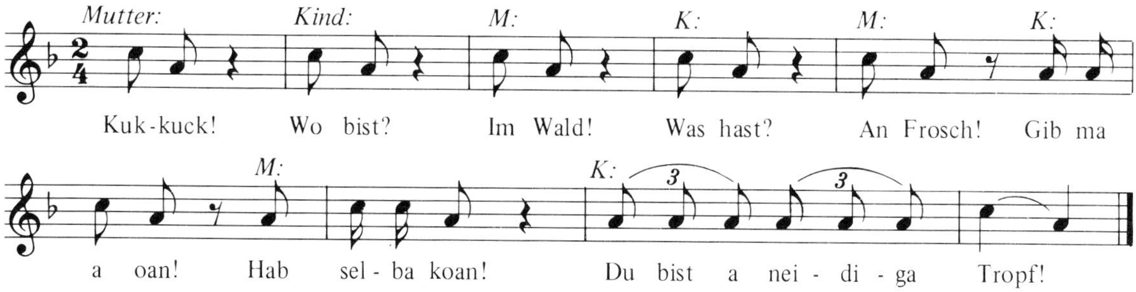

An einem Sommerabend des Jahres 1946 sind wir in Feichten a. d. Alz beim Diener-Kramer auf der Hausbank gesessen. Das Gebetläuten ist gerade verklungen, Stille lag über dem Dorf, als plötzlich vom benachbarten Wirtshaus mit dröhnender Lautstärke das Lied »Zillertal, du bist mei Freud« herüberscholl.
»Wer schreit denn da gar a so?«
»Des is d'Marie, de Kindsdirn, de singt den kloan Buam in' Schlaf.«
Wirtskinder sind vielleicht nicht so arg lärmempfindlich. Ich habe die Sängerin, eine starkwüchsige Zillertalerin, bad darauf persönlich kennengelernt, und da hat sie mir das obige Zwiesprüchl vorgesungen.

Abzählreim

Oans, zwoa, drei,
bigi, baggi, nei,
biggi, baggi Besenstiel,
huckt a Mandl auf der Mühl,
hat a staubigs Hüatl auf,
rundumadum voll Federn drauf,
Gickrihoh,
spring davo,
zicki, zacki, außito.
Wer is draußt, i oder du?
Da kropfat Hiasl, der bist du!

Inzell

Jetzt ist die Zeit und Stunde da

1. Jetzt ist die Zeit und Stunde da,
   wir reisen nach Amerika,
   nun ist die Zeit und Stunde da,
   wir reisen nach Amerika.

2. Die Pferde sind schon eingespannt,
   wir reisen in ein fernes Land,
   die Pferde sind usw.

3. Das Schifflein schaukelt bald hier, bald da,
   bald sind wir in Amerika,
   das Schifflein schaukelt usw.

Der Endorfer Text:*

1. Nun ist die Zeit und Stunde da,
   Wir reisen nach Amerika.
   Der Wagen steht schon vor der Tür.
   Mit Weib und Kinder ziehen wir.

2. Ihr Freunde, die zu uns verwandt,
   Reicht mir zum letztenmal die Hand!
   Wir ziehen nicht aus dieser Welt;
   Es ist ein Gott, der uns erhält.

3. Und wenn das Schiff im Meere schwimmt
   Und über uns ein Sturmwind kimmt,
   Wir fürchten keinen Wasserfall
   Und denken: Gott ist überall.

4. Und kommen wir nun in das Land,
   Heben empor wir unsre Hand
   Und rufen aus: Victoria!
   Jetzt sind wir in Amerika.

Bekommen von Christl Arzberger, Wasserburg am Inn. Er hat das Lied seit den fünfziger Jahren in Erinnerung, als es nach ausgedehnten Proben des Zitherclubs gern der damalige Stadtamtmann Willi Röckeisen mit seiner Frau anstimmte.
Bei August Hartmann vier Strophen ohne Melodie aus einem handgeschriebenen Liederbuch von 1857 in Endorf. (Historische Volkslieder und Zeitgedichte, 3. Bd. München 1913, S. 194.

* Vgl. Mautner, Steyerisches Rasplwerk. Wien 1910, S. 150. /Quellmalz, Südtiroler Volkslieder, 1. Bd. Kassel 1976.

Als Jesus von seiner Mutter ging

Das Lied von der heiligen Woche (»Goldenes Vaterunser«)

1. *Alle:* Als Jesus von seiner Mutter ging,
die große heilige Woche anfing,
da hatte Maria viel Herzeleid,
sie fragte ihr'n Sohn mit Traurigkeit:

2. *Frauen:* Ach, Sohn, du liebster Jesus mein,
was wirst du am heiligen Montag sein?
Männer: Am Montag bin ich ein Wandersmann,
der nirgends ein Obdach finden kann.

3. *F:* Ach, Sohn, du liebster Jesus mein,
was wirst du am heiligen Dienstag sein?
M: Am Dienstag bin ich der Welt ein Prophet,
verkünde, wie Himmel und Erde vergeht.

4. *F:* Ach, Sohn, du liebster Jesus mein,
was wirst du am heiligen Mittwoch sein?
M: Am Mittwoch bin ich gar arm und gering,
verkaufet um dreißig Silberling.

5. *F:* Ach, Sohn, du liebster Jesus mein,
was wirst du am heiligen Donnerstag sein?
M: Am Donnerstag bin ich im Speisesaal
das Opferlamm beim Abendmahl.

6. *F:* Ach, Sohn, du liebster Jesus mein,
was wirst du am heiligen Freitag sein?
M: Am Freitag, liebe Mutter mein,
ach könnte der Freitag verborgen sein.
Am Freitag, liebste Mutter mein,
da werd ich ans Kreuz genagelt sein;
drei Nägel, die gehen durch Hände und Füß,
verzage nicht, Mutter, das Ende ist süß.

7. *F:* Ach, Sohn, du liebster Jesus mein,
was wirst du am heiligen Samstag sein?
M: Am Samstag bin ich ein Weizenkorn,
das in der Erde wird neugeborn.

8. *Alle:* Am Sonntag freu dich, o Mutter mein,
da werd ich vom Tod auferstanden sein;
da trag ich das Kreuz mit der Fahn in der Hand,
da siehst du mich wieder im Glorienstand.

Im ganzen deutschen Sprachraum in ziemlich einheitlicher Form verbreitet. Die vorliegende Fassung ist in der Altöttinger Gegend, in Trostberg, Halsbach sowie im Rosenheimer Land überliefert. Die erste und letzte Strophe werden von den Kirchenbesuchern gemeinsam gesungen, die 2. bis 7. Strophe im Wechselgesang Frauen/Männer oder linke und rechte Kirchenseite. Lied und Anmerkung bekommen von Ernst Schusser, Bruckmühl, Leiter des Volksmusikarchivs des Bezirks Oberbayern.

Und unsa liabe Frau

Maria und die arme Seel'

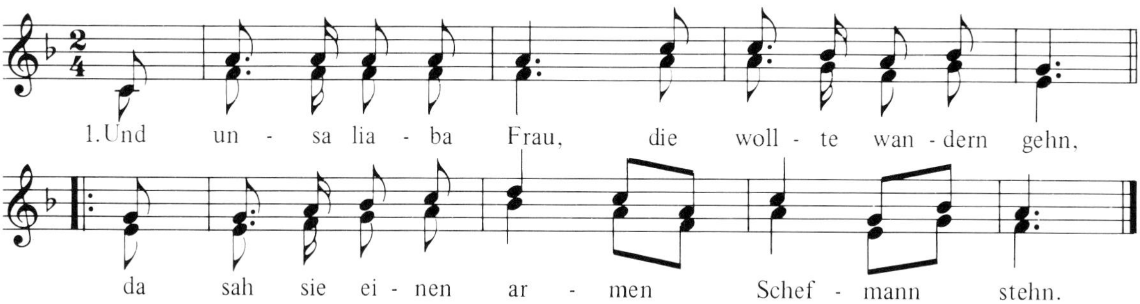

1. Und unsa liabe Frau, die wollte wandern gehn,
   [: da sah sie einen armen Schefmann stehn. :]

2. »O Schefmann, liabster mein, o Schefmann, liabster mein,
   [: geh, lasse mich zu dir in das Schef hinein!« :]

3. Und als sie bei der Mitt' vom tiafen Meer ankam,
   [: da fingen alle Glöckelein zum läuten an. :]

4. Sie läuteten so hell, sie läuteten so fein,
   [: sie läuteten Maria ins Himmelreich ein. :]

5. Wia unsa liabe Frau vor die Himmelstür hinkam,
   [: da klopfet sie ganz leise mit dem Fingerlein an. :]

6. Petrus sprach: »Wer ist draußt, wer will denn einagehn?«
   [: »Herr, unsa liabe Frau und eine arme Seel'!« :]

7. »Unsa liabe Frau, sie solle einagehn,
   [: und die arme Seel' soll draußen bleiben stehn!« :]

8. »Und wenn die arme Seel' muaß draußen bleiben stehn,
   [: dann will ich lieber auch nicht ins Himmelreich eingehn.« :]

9. »Was hat die arme Seel' soviel Guates denn getan?«
[: »Sie hat mir alle Samstagnacht ein Lichtlein brennet an.« :]

10. Hat 's Liacht soviel ausg'macht, hat 's Liacht soviel ausg'macht,
[: es hat die arme Seele ins Himmelreich gebracht. :]

Gesungen von drei älteren Frauen im Gerstreit-Wirtshaus oberhalb Ramsau bei Berchtesgaden am 14. Januar 1976. Vgl. Zeitschr. Das deutsche Volkslied, 33. Jg. S. 57, 95 und 141.

»All die schönen Weihnachtsbräuche würden doch irgendwie ihre Seele nicht mehr haben, wenn dieses Singen nicht erklingen würde.«

Joseph Kardinal Ratzinger beim Adventsingen in Unterwössen, 1978.

Inmitten des Chiemsees in Musik gesetzt

Der Dichter des Adventsliedes »Tauet, Himmel« ist der im damals noch bayerischen Schärding geborene Michael Denis SJ. Er veröffentlichte es 1774 in seinem Werk »Geistliche Lieder zum Gebrauche der hohen Metropolitankirche bey St. Stephan in Wien und des ganzen wienerischen Erzbisthums«.
Zu welcher Melodie das Lied in Wien gesungen wurde, ist nicht bekannt. Die heute geläufige Weise war es jedenfalls nicht. Diese erschien erstmalig in Kohlbrenners Landshuter Gesangbuch von 1777. Der Traunsteiner Franz Seraph Kohlbrenner, ein origineller und vielseitiger Kopf, hatte sich über die Tätigkeit als Kanzlist in der Schreibstube seines Vaters, eines Salinenbeamten, bis zum angesehenen, später geadelten Hofbeamten emporgearbeitet. In der ersten Nummer seiner Münchner Zeitschrift »Materialien zur Geschichte des Vaterlandes« nennt er innerhalb eines Beitrages über das Augustiner-Chorherrenstift Herrenchiemsee den Namen des Liedkomponisten: ». . . Der Domstiftscapitular Pfarrer Norbert Hauner hat die Melodie componiert . . .« Hauner wurde 1743 zu Au am Inn geboren.

Quelle: Robert Münster, »Thauet, Himmel! den Gerechten . . .«
in Sänger- und Musikantenzeitung, 8. Jg., München 1965, S. 111ff.

Wohlauf, meine Brüada, jetzt fangen wir an

Klöpfellied

1. Wohlauf, meine Brüada, jetzt fangen wir an,
   die ehrsamen Hausleut, die singen wir an.

2. Da drent an da Leitn, beim reißatn Sand,
   des Haus hoaßt »Beim Sewald«*) mit sein' rechtn Nam.

3. Wir grüaßn die Hausleut, wir grüaßn die Dirn,
   wir grüaßn das Kindl da drinn in da Wiagn.

4. Den oan wenn ma grüaßat, den andan wieda net,
   so waarn ma koane rechtschaffna Klopfaleut net.

Nach den Begrüßungsstrophen 1 bis 4 wird jeder weiteren Strophe der *Nachgesang* »Allhier zu hiesigen Zeiten« angefügt, in den alle Anwesenden mit einstimmen.

*) In der 2. Strophe setzen die Klöpfelsänger jeweils den Namen des Hauses ein, in dem sie sich gerade befinden.

5. O freuet euch alle, die versammelt da sind,
wohl auf das versprochene göttliche Kind.

6. Ein Engel erzählet uns weiter davon,
daß wir gwiß antreffen den göttlichen Sohn.

7. Jetzt wolln wir beschliaßn auf dreierlei Weis':
Gott Vater, Gott Sohn und Gott Heiliger Geist.

8. Wohlauf, meine Brüada, jetzt müass' ma halt geh
und wenn's uns was gebm wolln, bedank ma uns schö.

1967 vorgesungen von Maria Huber, Sewald-Großmutter in Oberbrunn bei Pittenhart.

Ihr Hirten, erwacht vom Schlummer

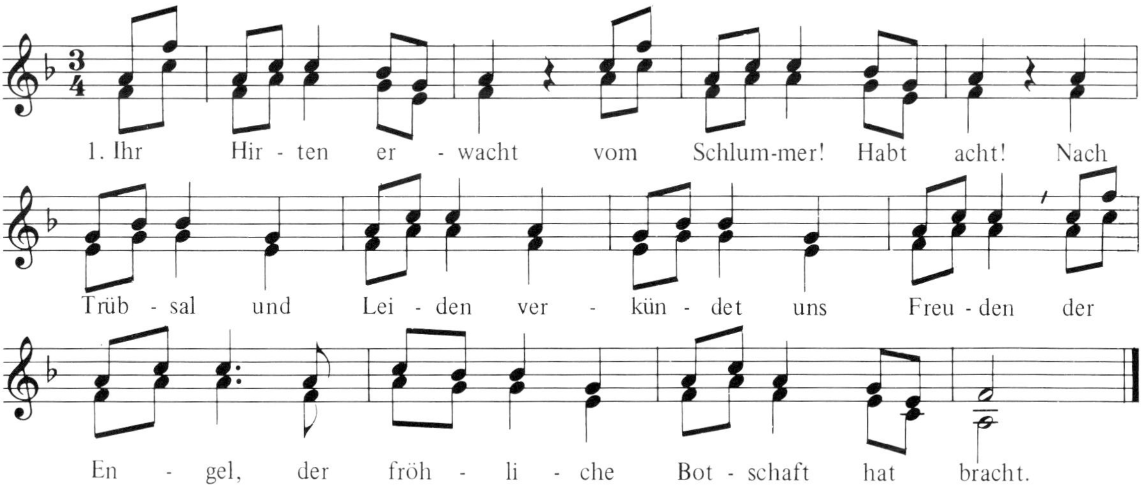

1. Ihr Hirten, erwacht
vom Schlummer! Habt acht!
Nach Trübsal und Leiden
verkündet uns Freuden
der Engel, der fröhliche Botschaft hat bracht.

2. In Bethlehem dort,
dem kältesten Ort,
dort werdet ihr finden,
was wir euch verkünden,
das längst schon versprochene göttliche Kind.

3. Ihr Sünder, erwacht!
Die heutige Nacht
hat nach vielen Sorgen
den goldenen Morgen,
den Herzog, den Heiland, den Mittler gebracht.

Aus dem Notenschatz des Peter Huber, gen. Müllner-Peter von Sachrang. Er war Bauer, Müller und Chorregent und lebte von 1766 bis 1843. Seine hinterlassenen Musikalien, 262 geistliche und 41 weltliche Werke, sind in der Bayerischen Staatsbibliothek München verwahrt. (Sänger- und Musikantenzeitung, 8. Jg., München 1965, S. 77.)

Auf, auf, ihr Hirten

1. Auf, auf, ihr Hirten,
stehts alle gschwind auf!
Gehts mit mir losn,
toans gar so schö blasn
da draußt, da draußt.

2. Auf d'Stadt kemman d'Engl
vom Himmel herab,
toan Gloria singa,
da müass' ma gschwind springa
hinab, hinab.

3. Nun, Leut, es wird einstens
gent kemma die Zeit,
was die alten Propheten
schon längst ham gebeten
und g'seufzt, und g'seufzt.

1984 vorgesungen von der 72jährigen Nanni Jennes-Kurz, Chieming.

Geh, Loisei, gschwind und lauf

1. Geh, Loisei, gschwind und lauf,
und setz dei Kappn auf,
scher di no weita bald,
ziahg d'Joppn o, de alt,
is woitla kalt.

2. Geh abi gschwind ins Tal
und frag da drunt beim Stall,
was denn des Ding bedeut,
daß' so a Lichtn geit
so spat bei Zeit.

3. Laft halt der Ruap daher;
Ruap, was geits heint scho mehr?
Is gwiß da Wolf mer da,
holt a paar Lampi a',
gell, Rüapi, ja?

4. Na, Bua, bei uns gehts anders zua,
is scho die ganz Nacht koa Ruah;
Trompeten- und Paukenschall
hört ma fast überall
druntn beim Stall.

5. Und i bild' ma's heut scho ei,
des muaß was Machtigs sei;
bets an des göttlich Kind,
des ma im Stall drunt findt,
tummelts enk gschwind!

Beim Traunsteiner Preissingen 1931 gehört Alfons Schreiber, Traunwalchen. (Siehe S. 166 »Eine Melodie aus Traunwalchen«).

Geh, Luitel, gschwind und lauf

1. Geh, Luitel, gschwind und lauf,
und setz dei Kappn auf!
Leg d'Joppn a(b), de alt,
und pack di weita bald!
Is ziemla kalt.

2. Na, na, mei liaba Bua,
bei uns gehts andast zua!
Trompeten-, Paukenschall
hört man fast überall,
drunten im Stall.

3. Gehn ma a weng abi ins Tal,
schaun ma a weng ei' bein Stall,
was denn des Ding bedeut,
daß' a so a Liachtn geit
bei dera Zeit.

4. Ei, du liabs Jesukind,
liegst da in Schnee und Wind,
grad auf an Boschn Heu!
Mögst oan dabarma frei;
sag's ohne Scheu.

Aus: August Hartmann, Volksschauspiele. Leipzig 1880, S. 293. Das Lied ist hier aufgenommen, weil es zusammenhängt mit dem vorausgehenden »Geh, Loisei, gschwind und lauf«. (Siehe S. 166 »Eine Melodie aus Traunwalchen«.) Obige ältere Fassung stammt aus dem Halsbacher Hirtenspiel, verfaßt vom legendären Ferdinand Joly. (Siehe S. 174 »Mei liaba Scholi!«)

O Wunda, was soll es bedeuten?

Das folgende Lied gehört zum alten Schlechinger Hirtenspiel. Mit dem hier vorausgehenden Ausschnitt aus dem Schlechinger Sprechtext ist eine hübsche Engel- und Hirtenszene für heutige Adventfeiern gegeben.

Links drei schlafende Hirten, rechts tritt ein Engel auf.

Engel: Fürcht' euch nicht, ihr kleine Schar,
Gott ist bei euch, sag ich fürwahr,
liegt in der Krippe bei dem Vieh,
geht eilends hin und säumt euch nicht!
Ein Zeichen will ich geben euch:
Das Bettlein ist von Stroh und Heu. *(Engel geht ab)*

1. Hirt: O Buama, wia ham net mir heut a Glück,
daß ins Gott Vata sein Engl vom Himmi schickt
und hat ins lassen sagn,
was si z'Bethlehem hat zuagetragn!

2. Hirt: Geht's, Buama, wolln ma alle drei springa
und dem Kindl a Gsangl singa!

3. Hirt: Hoi! Da will i aa mitspringa!

Alle machen sich auf zur Krippe. Der erste Hirt ist schneller dort, winkt die andern herbei.

1. Hirt: O, wia kimm i net da so g'recht! Kemmts gschwind!

2. Hirt: Sechts, sechts, wia is net de Krippn so schlecht! *(zum dritten Hirten:)* Kimm gschwind!

3. Hirt: O wia liegt net da so a holdseligs Kind!

1. Hirt: Geht's, Buama, fallt's nieda auf de Knia,
laßt's uns anbeten Gott allhier,
ihm danken auf das allerbest,
weil uns das Kind hat all erlöst!
Schau, Kindl, i hab dir bracht a Lamm,
weil du uns erlöst hast alle z'samm.

2. Hirt: Und i hab nix als an Kas,
und der is halt gar scharf und raß,
den will i dem Kindl schenk'n und verehrn,
's nachstmal werd's scho ebbas Bessers werdn.

3. Hirt: Und i bin wohl da allerärmst aus inserer Schar,
hab nix als wia a oanzigs Oar;
des hon i mir nacht kaft bei insern Moar,
des will i dem Kindl verehrn und schenka.

Alle drei singen:

1. O Wunda, was soll es bedeuten?
I hör einen Engel von weiten;
er hat uns die fröhliche Botschaft gebracht,
wir alle von Herzen ham glacht.

2. Ein Engel is kommen zu sagen,
i hab mir net traut, ihn zu fragen;
es is kaum vergangen die halberte Nacht,
leucht uns schon der helliachte Tag.

3. Geht's, Nachbarn, jetzt wolln ma's ge wagen,
dem Kindlein ein Opfer zuatragen;
i nimm ge a Milli, a Mehl und a Oa,
und es nehmts a Lampl, a zwoa.

4. Geht's, Nachbarn, jetzt laßt's enks net kränka,
dem Kindlein ein Opfer zu schenka,
weil's oba is kemma vom Himmel auf d'Erd',
es waar ja viel mehrer no wert.

Das vollständige Schlechinger Hirtenspiel ist von Pfarrer Ed. Pichler veröffentlicht in: Heimatbuch des Landkreises Traunstein, Teil III. Traunstein o. J.

Engel und Hirten

Wechselgesang

Dieser mit 1817 datierte Wechselgesang gehört zum Notenbestand der Schnaitseer Pfarrkirche. Dr. Robert Münster, München, machte auf ihn aufmerksam, und Wolfi Scheck hat die alte Handschrift für den heutigen Gebrauch übertragen. Er gibt zur Aufführung folgende Hinweise:

»Da hat sich ein Schnaitseer Organist, Lehrer oder Pfarrer etwas ganz Besonderes einfallen lassen: Zwei Lieder, die sowohl selbständig bestehen als auch ineinandergeschachtelt werden können: Die erste Strophe singen zwei Frauen nach der Weise vom ›Engelruf‹, die zweite zwei Männer in der Melodie vom ›Hirtenlied‹ usw. Bei der letzten Strophe tun sich beide Partien zusammen und steigern so dieses kleine Kunstwerk zu seinem Höhepunkt. Ein winziges Orgel-Nachspiel bildet den Schluß – vielleicht ist das eine Anregung für geschickte Organisten, ein ähnlich bescheidenes Vorspiel zu erfinden!«

Engelruf

2 Frauenstimmen und Orgel

2 Männerstimmen und Orgel

Hirtenlied

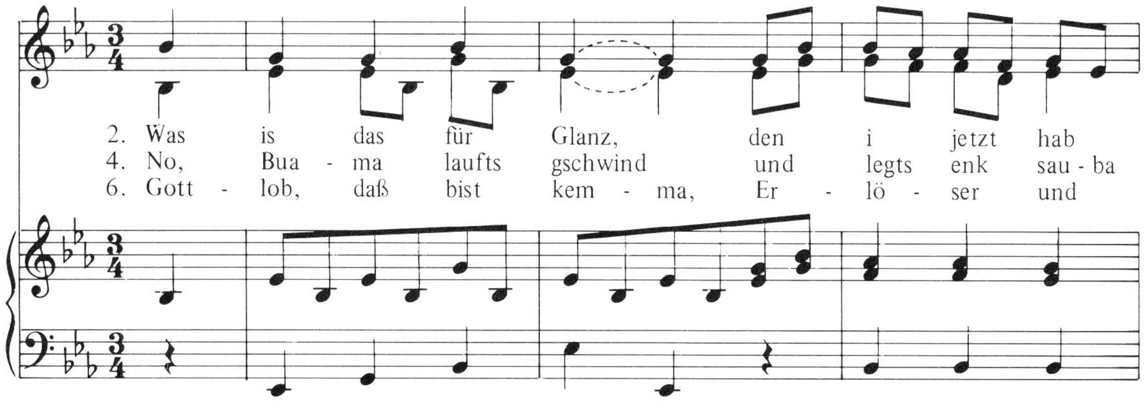

2. gsehgn? Mein Aug ver - geht ganz, was is heut wohl
4. o, nimmt je - der was mit, was er gra - tn
6. Herr! Nimm doch uns - re Gabn, wir bit - ten recht
2. gschehgn? Es muaß ja an En - gl sei, der so schö singt:
4. ko: A Lam - perl, a Kit - zl, a Oar und a Schmalz,
6. sehr: Geh, Muat - ta, trags wei - ter und mach a weng was draus
2. er sagt, daß ge - born sei das gött - li - che Kind.
4. an But - ta, a Mil - li, a Mehl und a Salz.
6. dann ge - hen wir fried - lich und fröh - lich nach Haus.

Engel und Hirten

2 Frauen- und 2 Männerstimmen

Orgelbegleitung wie bei Strophe 1, 3, 5.

Orgel-Nachspiel

Lob der Musik

Pater Johannes Werlin (1588–1666) war »Bibliothecarius« im ehem. Benediktinerkloster Seeon. Was ihn besonders auszeichnete, war seine Liebe zur »Musick« und »Poeterey«. Werlins Hauptwerk enthält annähernd 3000 Melodien, die teils von ihm selbst stammen. In diesen Liedern spiegeln sich Frömmigkeit, aber auch Fröhlichkeit und Lebensnähe. So sinniert er über den »grimmig Tod« nach, mahnt, Wein und Bier mit Maßen zu trinken, schimpft über die Falschheit, lobt Geselligkeit und gutes Essen und preist die Musik als Trösterin:

Wann ich der Mucken habe vil,
So nimm ich meine Saitenspil
Die Geige, Laut und Harff:
Die Sackpfeiff, Trummel und Schalmey
Das klaine Flötlein auch dabey
Und was ich sonst bedarff:
Und maine ich woll lustig sein,
So stimme ich mein Geigen drein,
Verjag von mir die Traurigkeit,
Bekomm hingegen Fröligkeit.

Pater Werlins Grabplatte befindet sich im gotischen Kreuzgang. (Quelle: August Spiel, »Lob der Musik«, in Sänger- und Musikantenzeitung, 10. Jg., München 1967, S. 43.)

Ein Kind ist uns geboren

1. Ein Kind ist uns geboren
als Gott und Mensch zugleich.
Eröffnet Herz und Ohren,
ihr Christen, freuet euch!
Zu Bethlehem im Stalle
kehrt unser Heiland ein,
er kommt zum Trost für alle,
geliebet will er sein.

2. Die Nacht war hell wie Tage,
der Himmel voller Schein.
Der Patriarchen Sagen
sind treu getroffen ein.
Daß Gottes Sohn gekommen
herab auf diese Welt,
die Menschheit angenommen,
den Frieden hergestellt.

3. Die Hirten hören singen
der Engel frohe Schar,
gekrönte Fürsten bringen
Gold, Weihrauch, Myrrhen dar.
Sie legen Herz und Krone
zu Jesu Füßen hin
und sehn in Davids Sohne
Gott selbst und preisen ihn.

Vorgesungen von Nanni Jennes-Kurz, Chieming.

Als Dreingab für die Köchin:

Kletzenbrotrezept vom Samerberg

Man braucht dazu: 2 Pfd. Kletzen, 2 Pfd. Zibeben, 2 Pfd. Schwarzbrotteig, ein wenig Weißbrotteig, 375 g Kranzfeigen, 100 g Citronat, 100 g Orangeat, 300 g Walnußkerne, ein Glaserl Schnaps, etwas Citronenschale, etwas Zimt und gemahlene Nelken.

Man wäscht die Kletzen, erst warm, dann kalt, weicht sie über Nacht ein und kocht sie dann im Einweichwasser weich. Nun werden Stiele und Blüten entfernt und die Kletzen fein gewiegt oder durch die Fleischmaschine gedreht. Die Feigen werden fein geschnitten, ebenso Citronat und Orangeat, aber nicht zu klein, etwa 1 cm breit und lang. Die »Zibeben« sollen hauptsächlich große Rosinen sein, man kann sie auch zu einem kleinen Teil mit Weinbeerl mischen. Man netzt sie, am besten über Nacht, mit dem Schnaps ein. Dann werden alle Zutaten zusammengeknetet mit dem Schwarzbrotteig zu einem beliebig großen Wecken und in den ausgewellten Weißbrotteig geschlagen. Dieser wird auf der unteren Seite des Weckens zusammengeschlagen und mit Kletzenbrühe verklebt. Oben wird er mit der Gabel gestupft und mit Milchwasser bestrichen. Nach 1–1½-stündiger Backzeit, Mittelhitze, nimmt man die Wecken heraus und bestreicht sie mit Kletzenbrühe, dann glänzen sie recht schön.

So hat die Rieplmutter selig von Oberleiten am Samerberg, Cäcilia Bogenhauser, ihr Kletzenbrot immer gebacken.

Es solle dich erfreuen

Zur Heiligen Nacht

1. Es solle dich erfreuen
Die schöne helle Nacht;
Laß dich den Schlaf nit reuen,
Anheint, o Christ, betracht:
Was mueß es wohl bedeuten,
Daß man bei diesen Zeiten
Am schönen Firmament
So viele Liechter brennt?

3. Die Engel lieblich singen
Heint mitten in der Nacht
Und guete Botschaft bringen
Den Hirten auf der Wacht.
Es scheint, als will die Erdn
Zu einem Himmel werdn,
So groß ist ja die Freud
Bei dieser Gnadenzeit.

2. Derfst nur die Hirten fragen;
Sie wissen es gar wohl
Und könnten uns recht sagen,
Was Dies bedeuten soll;
Es ist halt Gott zu Ehrn,
Dem neugebornen Herrn,
Daß man am Firmament
Heint Freudenfeuer brennt.

4. Nun seind die Täg verflossen,
Anjetzund ist die Zeit
Zu dem, was Gott beschlossen
Schon längst von Ewigkeit.
Das Niemand mag verstehn,
Das ist heint z'Nacht geschegn,
Und zwar in einem Stall
Und nit in einem Saal.

5. Ganz still ist heint ankommen
Vom hohen Himmelsthron,
Hat unser Fleisch ang'nommen
Des ewign Vaters Sohn.
Der ist an allen Ortn,
Als Mensch so klein ist wordn,
Daß man ihn als ein Kind
Heint in der Krippen findt.

Ohne Melodie enthalten im Liederbuch des Mathias Götschl, Bauer und Kirchensänger von Pattenberg oberhalb Bergen. (Die Handschrift, deren Beginn um 1800 liegen dürfte, ist verwahrt im Volksmusikarchiv des Instituts für Volkskunde München.) Ebenfalls ohne Weise steht das Lied in Hartmann/Abele, Volkstümliche Weihnachtslieder (Leipzig 1884). Die Melodie blieb verschollen, bis sie Robert Münster im alten Notenbestand der Benediktinerinnenabtei Frauenwörth entdeckte. (Sänger- und Musikantenzeitung, 18. Jg., München 1975, S. 155ff.)

Wir wünschen euch allen a guat's neu's Jahr!

Sternsingerlied

bei der Ankunft:

Wunschlied

vor dem Weiterziehen:

1. Was wünsch' ma denn den Herren zum neuen Jahr?
Wir wünschen eahn' an goldnen Tisch,
auf jeden Eck an bratna Fisch!
O freudenreiche Zeit! . . .
Verleih uns, Gott, der Vater,
das ewige Himmelreich!

2. Was wünsch' ma denn den Frauen zum neuen Jahr?
Wir wünschen eahn' an goldnen Rock,
auf daß er steht wia a Nagerlstock.
O freudenreiche Zeit! . . .

3. Was wünsch' ma denn den Kindern zum neuen Jahr?
Wir wünschen eahn' an goldnen Wagn,
auf daß sie können an Himmel fahrn.
O freudenreiche Zeit! . . .

Vorgesungen von Nanni Jennes-Kurz, Chieming.

Die heilign drei König

1. Die heilign drei König habn den einzigen Sinn,
den einzigen Sinn,
sie heben sich auf und reisen dahin.

2. Sie reisen wohl für den Herodes sein Haus,
Herodes sein Haus,
Herodes, der schaut beim Fenster heraus.

3. »Kehrt ein, ja, kehrt ein, ihr Weisen drei,
ihr Weisen drei,
ich will euch gern halten zehrungsfrei!

4. Ich will euch gern sitzen wohl an meinen Tisch,
wohl an meinen Tisch,
wenn ihr mir gschwind sagt, wo 's Christkindl ist.«

5. Es ist ja geboren um die mittere Nacht,
die mittere Nacht,
wo nur auf der Weide die Hirten habn gwacht.

6. Die Hirten habn gsunga, die Lamperl san gsprunga,
die Lamperl san gsprunga,
is all's voller Freud, 's Kind geboren ist heut.

Vorgesungen von Nanni Jennes-Kurz, Chieming. (Siehe S. 153 »Die Lieder der Habamerin und des Schnupftabak-Michi«.)

Überlieferer und ihre Geschichten

Wären sie nicht in die Wirtsstuben eingezogen, so hätten viele unserer Lieder nicht überlebt. Von alten Sängern hingebracht, von den Burschen weitergesungen, wurde für sie das Wirtshaus zur lebendigen und bleibenden Heimstatt.
In der Bergener Bubenzeit hing ich oft am Schlafkammerfenster und lauschte hingerissen auf den Gesang aus der Gaststube des benachbarten Wirtshauses oder vom Kastaniengarten herüber. Die Sänger, Handwerker, Bauern, Holzknechte, alle waren sie mir bekannt. Der Postwirt selber hat nie einen richtigen Ton getroffen, aber er war in der Lage, bei jedem Lied laut den Text einzusagen, falls einer steckenblieb oder zu schlampig sang.
Besonders gern denke ich an das Wirtshaussingen in St. Georgen a.d. Traun. Den dortigen, seinerzeit einzigen Gasthof habe ich über den Sohn des Hauses, den Meier Martl, kennengelernt. Beide besuchten wir gleichzeitig die Traunsteiner Berufsschule. Das erste Sichanfreunden ist so zustande gekommen: Durch das Traunsteiner Preissingen im Jahr 1931 auf das Volkslied aufmerksam geworden, plante unsere Schule eine besinnliche Adventfeier mit Krippenliedern und Zitherspiel. Es wäre schön, meinte Lehrer Drexel, wenn auch jemand aus unserer Klasse einen Beitrag dazu leisten könnte. Der Martl hob den Finger: »D'Revolution vom Weiß Ferdl!« Der Herr Drexel sagte, daß das nicht geht. Ich schlug das Chieminger Hirtenlied vor (gehört beim Preissingen), und das durften der Martl und ich dann zweistimmig einüben. Dieses erste Zusammensingen (das Lied steht auf S. 132) bildete den Grundstein einer lebenslangen Sängerfreundschaft. Über das Revoluzzerlied für die Adventfeier lachen wir heute noch. Der damalige Bäckerlehrbub hat halt das Couplet deswegen vorgeschlagen, weil es sich stets als sehr publikumswirksam erwies, wenn es daheim im elterlichen Wirtshaus die Erwachsenen anstimmten.
Die Gaststube beim Meier war am Sonntag nach der Kirche voll, und immer wurde gesungen. Im Repertoire der Sänger überwogen die gefühlvollen Lieder, das »Mutterherz« zum Beispiel, »A Bleamal und a

Vor dem Meier-Wirtshaus in St. Georgen an der Traun.

Herz« und dann das überaus dramatische Epos des vom Schicksal schwer geschlagenen »Hansl von der Kuahalm«, bei dem die Kellnerin jedesmal nasse Augen bekommen hat, obwohl sie sämtliche Strophen bereits auswendig konnte. Wenn es in der Stube allmählich lustig wurde, kamen lebensfrohere Gesänge an die Reihe, und hier waren sehr wohl welche dabei, die der Kiem Pauli mitgenommen hätte, wäre er auf seiner Sammelreise vorbeigekommen.

Der Wirts-Martl mit seiner vom Vater vererbten hellen Tenorstimme wurde von allen St. Georgener Sängern der beste. 1937 heiratete er eine Zeltspergertochter von Taching, die Loni. Sie war ebenfalls mit einer kräftigen Stimme ausgestattet, also gab es vom Platz weg einen harmonischen Zusammenklang. Weil sie nicht zu den ganz hohen Tönen hinaufkam, der Martl hingegen nicht so weit hinunter, wechselten sie, d. h., Loni sang ganz einfach Tenor, und es ging glänzend. Als »Singende Wirtsleut von St. Georgen« wurden sie bald weitum bekannt. Kurz vor Erscheinen dieses Buches feierten sie Goldene Hochzeit. Z'sammsingen tun sie immer noch gern, besonders wenn nette Leut beinander sind.

Als Loni und Martl Meier Ende der sechziger Jahre ihren Gasthof verpachteten, war es aus mit dem Singen in der Stube. Auch in anderen Wirtshäusern ist es allmählich still geworden. Beliebte Sänger sind gerstorben, junge Leut mit guten Stimmen haben den Brauch nicht weitergeführt. Da und dort hängt im Dorfwirtshaus noch eine Gitarre verlassen an der Wand, zerkratzt und verstimmt als »uriges« Zierstück. Warum wird im Wirtshaus nicht mehr gesungen? Die Zeiten haben sich geändert, die Gasthäuser auch. Das Lokal ist vielfach keine heimelige Stube mehr, die Fenster sind ohne Sprossen, auf den Speisenkarten steht kein »Niern- oder Kalbsbratl« mehr, Resopaltische, Radio, Fernseher, Musikbox – all das regt nicht zum Singen an. »Unsere« Sänger jedenfalls nicht.

Loni und Martl Meier, die »Singenden Wirtsleut von St. Georgen«.

So kraß, wie ich es bejammere, sind die Wirtshäuser natürlich nicht überall ausgestattet. Es gibt auch noch Sing-Wirtshäuser, ich weiß ein paar, sag' aber nicht wo.

Lieder S. 30, 73, 91.

Es ist heute kaum mehr vorstellbar, welch großes Interesse die oberbayerischen Preissingen 1930 zu Rottach-Egern und 1931 zu Traunstein in der Bevölkerung hervorgerufen haben und wie es bald hernach im ganzen Land mit dem Singen aufwärts gegangen ist. Nicht selten ist es vorgekommen, daß singerische Leut' in der Eile eine ganz neue Gruppe bildeten, nur um beim ersten großen Vorsingen dabei sein zu können. So auch 1931 fürs Traunsteiner Preissingen die Geschwister Lois, Lisl und Nanni Kurz in Chieming, allesamt bewährte Kirchensänger. Die Frage war nur, woher sie ein geeignetes Lied nehmen sollten. Es waren ja laut Ausschreibung Volkslieder verlangt, alte, möglichst seltene, nicht »Von der Alpe ragt ein Haus« und ähnliches. »Geht's doch zum Schnupftabakmichi!« riet der damalige Chieminger Pfarrer. Er meinte den sangesfrohen Michl Ortner, seines Zeichens Gütler und Schmalzlerreiber. Der könnte unter seinen Liedern vielleicht eines haben, das fürs Preissingen brauchbar sei. Und er hatte auch eines! Ein besonders rares sogar, ein Hirtenlied, mit dem die Chieminger in

Traunstein Erste geworden sind. (S. 132). Weil nun in der Folgezeit viele Einladungen ins Haus flatterten, blieben die Geschwister Kurz – Sattlermeister Raffl Franz gehörte als Baßsänger dazu – als Gruppe weiterhin beisammen, aber sie brauchten neue Lieder. Man erinnerte sich an die alte Habamerin, die Frau eines Flickschusters, die mit einem Wagerl Bäckerbrot ausfuhr. Von ihr war bekannt, daß sie in ihrer Jugendzeit gern gesungen hat. Zur großen Überraschung wurde die Habamerin die wichtigste Liedlieferantin. Der Kurz Lois, die Seele des Viergesangs, holte sich von ihr schöne geistliche Volkslieder, u. a. eines für die Heilige Nacht (S. 142), eines zum Neujahr-Ansingen (S. 146) und eines für Dreikönig (S. 148).
Von den »Kurzein« traf ich 1984 nur noch die 72jährige Nanni, Frau Jennes-Kurz, an. Mit glockenheller Stimme hat sie die alten Lieder vorgesungen; ihr zuzuhören war die reine Freude.

Die Gesangsgruppe Kurz von Chieming beim Traunsteiner Preissingen 1931. Von links: Die Geschwister Lois, Nanni und Lisl mit Baßsänger Franz Raffl.

Zungenbrecher

Wie oft in einem Atemzuge?

A blitzblober Bock
brockt si von an blitzblobn Stock
blitzblobe Birnblidl-bladl ab.

Koa Kaiser ko koan kaltn Kalbskopf kocha!

Lina Stanggassinger, nach dem Hausnamen liebevoll Hofschaffer-Linerl genannt, stammte aus einer alteingesessenen Berchtesgadener Schlossermeistersfamilie. Zum Lehrberuf bestimmt, fand sie Aufnahme im Lehrerinnenseminar Aschaffenburg in Unterfranken. In diesen Jahren sah sie ihre Bergheimat nur noch in den Ferien.
Während einer Sommervakanz logierte in der Nachbarschaft eine Sommerfrischlerfamilie, mit ihr ein Sohn namens Ernst, ein Student. Der Ernst und das lebensfrohe Linerl, das gut singen hat können, sind, in Gesellschaft ihrer Eltern, ein paarmal zusammengetroffen. Dabei hat es zwischen den beiden schon ein wenig »geblitzt«. Jedenfalls schickte der wieder heimgekehrte Studiosus alsbald Grüße an die schöne Berchtesgadnerin. Umgekehrt hat das Dirndl den jungen Herrn schon auch im Kopf gehabt. Weil dem Ernst im Sommer ihr Singen so gut gefallen hat, dachte es sich für Weihnachten ein besonderes Geschenk aus: ein ganz persönliches Liederbüchl. In ein hübsch gebundenes »Poesiealbum« schrieb sie ihm die Texte und Melodien all »ihrer« Berchtesgadener Lieder. Zusammen mit Jodlern und Juhezern sind es insgesamt 55 geworden.
Alte handgeschriebene Bücher mit Liedtexten sind uns viele erhalten, solche mit den dazugehörigen Singweisen nur ganz wenige. Das Büchl vom Hofschaffer-Linerl ist also eine Rarität, die das Herz eines jeden Volkslied-Liebhabers höher schlagen läßt.

Lina Krohn-Stanggassinger

»Zur Erinnerung an Ihre Urlaubstage. Ihre

Lina. Weihnachten 1911.« Die Widmung, mit der das Linerl sein Geschenkbuch eingeleitet hat, ist so gehalten, daß Außenstehende die sicherlich schon geflochtenen zarten Bande nur erahnen konnten. 1916 haben Ernst und Linerl geheiratet und ihren Hausstand in Berlin gegründet. 48 Jahre später hat mir Frau Lina Krohn-Stanggassinger, Witwe des Landgerichtsdirektors Ernst Krohn, die Liederbuchgeschichte anvertraut. Auf die Frage, ob sie weitererzählt werden darf, meinte die liebenswürdige alte Dame: »Von mir aus! Des is ja alles scho so lang her – und außerdem hab ich ihn ja g'heirat.« Seit dem Tode ihres Mannes lebte sie wieder im heimatlichen Berchtesgaden.
1973 ist das einstmalige Hofschaffer-Linerl im Alter von 83 Jahren gestorben. Das Liederbüchl verwahrt ihr Sohn, Dr. Dietrich Krohn, als Familienschatz und als Dokument dafür, daß um die Jahrhundertwende im Berchtesgadener Land viele schöne Volkslieder gesungen wurden.

Lieder und Juhezer S. 40, 51, 53, 54.

Das alte Hofschaffer-Haus im Markt Berchtesgaden

Ein vor dem Ersten Weltkrieg begonnenes, handgeschriebenes Liederbuch ist besonders dann eine Freude, wenn der Schreiber oder die Schreiberin noch am Leben ist und die dazugehörigen Melodien vorsingen kann. Ich hatte das Glück bei der 71jährigen Frau Monika Scheck in Grassau im Chiemgau.

Das Wachstuchheft trägt den Titel: »Liederbuch für Pointner Monika von Wimmern 1911.« Pointner hat sie ledigerweis' geheißen. Etwas g'schamig meinte sie: »Es san halt grad so g'wöhnliche Liada . . .« Immerhin waren es *ihre* Lieder, die sie das ganze Leben hindurch begleitet haben.

1897 ist die Monika beim Dopplerbauern zu Wimmern bei Teisendorf auf die Welt gekommen. Als 13. Kind mußte sie gleich nach der Volksschulzeit außer Haus und in den Dienst gehen, zuerst zum Schmiedbauern in Wimmern, später kam sie zum Anderlbauern in Warisloh, wo sie bis zu ihrer Verheiratung geblieben ist. Auf beiden Höfen wurde viel gesungen, von der schönen Altstimme der Anderlbäuerin schwärmte sie zeitlebens. Als 13jähriges Dirndl hat die Monika mit dem Liederaufschreiben angefangen, auf 63 Lieder ist sie schließlich gekommen.

Im eigenen Hausstand ist beim Singen mit ihrer Familie wenig zusammengegangen. Hin und wieder hat sie ihr Liederbuch aus der Ledigen-Zeit aufgeschlagen und für sich allein daraus gesungen. So wie beim Vorsingen im Jahre 1967 – und es war wunderschön! Acht Jahre drauf ist Frau Scheck gestorben. In Dankbarkeit sei ihr dieses Gedenkblatt gewidmet.

Lieder S. 22, 35, 48, 119.

Aus dem Liederbuch der Monika Pointner

Monika Scheck-Pointner

Um die Jahrhundertwende, während seiner aktiven Militärzeit im Lager Lechfeld, überfiel den Josef Buchner von Bergen eine tückische Krankheit an den Beinen, die zur Lähmung führte. Was die Ursache dafür war, das hat der Invalide nicht sagen können. Möglicherweise auch die behandelnden Ärzte nicht. Er wurde einfach heimgeschickt. Von da an hat er zeitlebens unter seinem armseligen Gehwerk gelitten, er brauchte zwei Hacklstecken gleichzeitig. Den Unterhalt für sich und seine Familie verdiente er teils als Korbmacher, teils als Lagerist bei der Königlich Bayerischen Maximilianshütte.

Trotz seines Daseins auf der Schattenseite verließ ihn niemals der Humor. Er hat zur Gitarre gesungen und überall, wo er auf-

Das Gamsei-Trio von Bergen. Von links: Albert Steiner, gen. Scheuerl, Josef Buchner, gen. Gamsei, Andreas Bauer, gen. Bräubauer. Foto: Beyerl Bergen

tauchte, den Zuhörern Freude bereitet. Auch der berühmte Münchner Facharzt für Orthopädie, Professor Hohmann, mit Wohnsitz in Bergen, hat ihn ins Herz geschlossen. Er nahm sich des schwerbehinderten Sängers an, unentgeltlich, und nach einiger Zeit war nur noch ein Hacklstecken vonnöten.
Für die Bergener war er in freundlicher direkter Anrede der Sepp, ansonsten nannten sie ihn Gamsei – nicht weil er vielleicht als junger, schneidiger »Schütz« ins Gebirg geschlichen wäre, sondern weil ihn als ledigen Buben einer Kellnerin die Leut vom Gams-Urban-Haus aufgezogen haben.
Von den zwanziger Jahren an tat er sich mit den Sangesfreunden Scheuerl Albert und Bauer Andre zusammen. Als »Gamsei-Trio« beteiligten sie sich 1931 mit gutem Erfolg beim Traunsteiner Preissingen, worauf sie alsbald weitum bekannt wurden.
Der Gamsei war auch als »Dorfdichter« geschätzt. Als 1927 der Kiem Pauli auf seiner Sammelreise nach Bergen gekommen ist, schilderte der Gamsei in anschaulichen Versen, wie er und seine Kameraden den Pauli in der Stube beim »Bräu« kennenlernten:

Es is oana kemma ins Bergna Tal gschobm,
aufn Kopf a Filzhüatl und a Schneidfeda drobm.
Sagt »Grüaß enk God, Leutl, gell, is scho dalabt,
tuat ma 's Rastn gar guat, hon an weitn Weg ghabt.«

Aft sitzt si des Manndl ganz gleim zu ins her,
da schmatz' ma stad uma: »Wer is a denn der?
Der Loda, der gspaßig, der geht uns net ei',
haman gar nia net gsecha – wer werd a denn sei?«

Iatz fangt a zum redn o, da is alls glei stad!
»Geh, kunnts ma net sagn, wer alte Liada habm tat?«
I gib eahm mei Büachei, wo i d'Liada drinn ho',
er geht zu an Tisch hi, spekulierts eahm guat o.

Und na is a firtig mitn Liadaoschaugn,
er is woltan hoakli, weil de mehran nix taugn.
Nur oans hat er net kennt, des, wo's Steuerzahln kimmt,
er legt glei sei Pfeif weg, hat sei Zitha ogstimmt.

Drauf sing i eahm d'Ari von oan Gsetzl vür,
er kratzlt si d'Notn schö fix aufs Papier.
Iatz kimmt no des Schöna – all schaugn und i lach –,
a kloans Boisl spata, da singt a mirs nach!

Nach Volksliada suacha, des is sei Bestrebm,
bringt all de vergessenen wieda zum Lebm.
Da Volksliada-Pirscha, paßts auf, liabe Leut,
is koa andana gwen als da Kiem Pauli z'Kreuth!

Martin Hausstätter

Als es allmählich aufs Feierabendmachen zuging, hat der Gamsei die Lieder seines Lebens aufgeschrieben. Seine Sammlung füllt ein dickes Buch mit durchwegs guten Liedern. Durch seine Bekanntschaft mit dem Kiem Pauli und durch seine Erfahrungen beim Traunsteiner Preissingen unter Leitung von Prof. Kurt Huber hatte er gelernt, Spreu vom Weizen zu unterscheiden.
Viele Lieder hat der Gamsei von zugezogenen Arbeitern der Maxhütte übernommen. Von Zillertalern lernte er alte Hausierer-Reiselieder, aber sein wichtigster Liedlieferant wurde Martin Hausstätter († 1913). Der als Sänger legendär gewordene Kunstschmied, ein gebürtiger Tittmoninger, ist für den Gamsei das wegbestimmende Vorbild geblieben.
Der Gamsei war des Notenschreibens unkundig, er hat nur Texte hinterlassen. Als seinem Mitbürger sind mir einige seiner Lieder im Ohr geblieben, leider nicht alle, die ich für das vorliegende Buch haben wollte. Ein Glück, daß noch Sangeskollegen vom Gamsei leben; solche, die am Sonntag nach der Kirche im Wirtshaus mit-

gesungen haben und sich an Melodien erinnern. Schorsch Heindlmeier, einstiger Baßsänger unseres »Gamsstadl-Viergesangs«, hat sie auf meine Bitte hin mit dem Tonbandgerät aufgesucht. Auch beim »Kammei« ist er gewesen, von dem anschließend die Rede ist.

Lieder S. 11, 12, 14, 15, 84, 94, 97.

Bergen mit Hochfelln in den dreißiger Jahren

Josef Kammerlander

Am 27. August 1986 ist Josef Kammerlander von Ruhpolding gestorben, 85 Jahre alt. Es war ein plötzlicher Tod, drinnen in der Laubau, wo er, zusammen mit seiner Hedwig, die letzten zwölf Almsommer den Gstatter-Kaser bewirtschaftete. Beide haben sie gerade Taxboschen zur Hütte getragen, um beim Almabtrieb ihr Vieh wie jedes Jahr in herkömmlicher Weise schmükken zu können.

Der Kammerlander Sepp war nie ein reicher Mann, aber es war ihm ein reiches Leben beschieden. Anfangs hat er als Forstarbeiter (»Kulturer«) mit Aufforsten, Wegrichten und Schneeräumen auf den Holzbringungswegen sein Brot verdient, später stellte ihn die Gemeinde Ruhpolding als »Steigputzer« an. Hier mußte er die Fuß- und Wanderwege ringsum in Ordnung halten. Nebenher baute er eine Wollkämmerei, eine »Schafwolldatscherei«, auf, die jetzt ein Stiefsohn weiterbetreibt und die gut läuft.

Ein geachteter, bescheidener und lustiger Mann, der Sepp Kammerlander. Der Kammei, wie er liebevoll nach Chiemgauer Brauch genannt wurde. Schier unerschöpflich sein Reichtum an Liedern. Nie hat er sich mit Minderwertigem abgegeben. 1927 lernte er den Kiem Pauli kennen, und sie blieben Freunde. Als Gitarrist traf er sich bis zuletzt hinten beim Seehauswirt mit Freunden zum Musizieren. Nicht nur der vorzüglichen »Seehausmusi« geht er nun ab, sondern allen, die den raren Mann erlebt haben.

Lieder S. 33, 37, 41, 71, 79.

Die alten und die jungen Neukirchner

Das Bauern- und einstige Bergmannsdorf Neukirchen am Teisenberg hat sich nicht zuletzt durch seine Sänger einen guten Namen gemacht. Bekannt über die Gemeindegrenzen hinaus wurden sie ab den zwanziger Jahren.

Angefangen hat es im Wirtshaus. Burschen und junge Männer, gerade den Schrecken des Krieges entronnen, sind damals jeden Sonntagnachmittag beim Peternwirt, heutiger Postwirt, zum Singen zusammengekommen. Dieser Brauch blieb über viele Jahre hinweg für junge Leut die hauptsächliche Unterhaltungsmöglichkeit. Radio, Fernsehen und ein Auto zum »Ausroasn« standen ja noch nicht zur Verfügung.

Als Z'sammhalter der nicht vereinsmäßig organisierten Sängerrunde galt der Zimmermann Georg Ramstötter, einer aus der großen rundum ansässigen und durchwegs musikalischen Verwandtschaft gleichen Namens.

Allmählich wuchs die nachfolgende Generation heran, und singbegeisterte Jugendliche gesellten sich, kaum daß ihnen der Wirtshausbesuch erlaubt war, zu den Peternwirtssängern. Zuerst als aufmerksame Zuhörer, bald aber als eifrige Mitsänger, die das Liedgut ihrer Väter wiederum weitertrugen zu heutigen Sängern, beispielsweise zu gegenwärtigen Trägern des Namens Ramstötter, von denen gleich noch die Rede sein wird. Vorerst zurück zu den Peternwirtssängern.

1931 war das Traunsteiner Preissingen ausgeschrieben. Ein Ereignis, bei dem man unbedingt dabeisein wollte. Es ging nun nicht an, dort mit der gesamten Peternwirts-Besetzung aufzukreuzen. Chöre waren nicht eingeladen. Also trennte man sich und meldete zwei kleinere Gruppen, die »Alten Neukirchner« und die »Jungen Neukirchner«. Als solche blieben sie von nun an bestehen.

Dies alles hat mir der Ramstötter Schorsch, ein Sohn des oben erwähnten Georg Ramstötter von den »Alten«, mitgeteilt. Freilich kennt er das seinerzeitige Sängergeschehen nur vom Zuhören und Mitlernen her, weil er, der jetzige Ruheständler, zum Mittun bei den »Jungen« noch nicht alt genug war. So schnell vergeht die Zeit.

Der Schorsch hütet in Neukirchen getreulich das musikalische Erbe der Vorfahren. Er singt mit einer kleinen Volksliedgruppe und daheim mit seiner Anna, leitet den Kirchenchor und bläst Posaune bei der landauf, landab geschätzten »Teisendorfer Tanzlmusi« seines Bruders Sigi, dessen volksmusikalische Aktivitäten noch umfangreicher sind und sich über ganz Oberbayern erstrecken. Vor allem seinem jahrzehntelangen Wirken als Tanzführer nach dem Vorbild Georg von Kaufmanns war und ist ein nachhaltiger Erfolg beschieden.

Lieder S. 43, 57, 102.

Die »Alten Neukirchner« beim Traunsteiner Preissingen 1931. Von links: Thaler Alois (Schneider in Strußberg), Ramstötter Sebastian (Hausname Ernstl), Ramstötter Mathias (vulgo Auer Hias, hier als Liedbegleiter ausgeliehen von den »Jungen Neukirchnern«), Ramstötter Josef (Hausname Auer), Breitwieser Georg von Schwarzenberg, Ramstötter Georg, Neukirchen, verdeckt Aicher Max (Schön von Knappenfeld, war bis 1925 Bergmann), Aicher Hans von Hochhäusl, Holzknecht.

Neunkirchen um 1929

Die »Jungen Neukirchner« beim Traunsteiner Preissingen 1931. Von links: Vachenauer Willi (ein vom Pattenberg oberhalb Bergen zugewanderter Holzknecht), Ramstötter Ulrich (vulgo Ernstl-Richi), Ramstötter Mathias (vulgo Auer Hias), Hiebl Josef (vulgo Summei-Sepp), Hunklinger Raimund von Achthal.

Was is des . . .?

A eiserns Rößl, a leinwerchas Schweafi,
wia länga des Rößl laft,
wia kürza des Schweafe wird.
(Nadel und Faden)

Es brennt rund ums Haus
und brennt doch kein Loch heraus.
(Brennessel)

Beim Traunsteiner Preissingen 1931 hatte ein junger Bursch allein das Hirtenlied »Geh, Loisei, gschwind und lauf« gesungen (S. 133). Alfons Schreiber hat er geheißen, und gekommen ist er aus Traunwalchen. Der Münchner Professor Kurt Huber war begeistert von diesem nie vorher gehörten Lied. Bald darauf hat er es veröffentlicht (ohne Herkunftsangabe) im »Altbayerischen Liederbuch«.*

Wie ist der Alfons zu diesem Lied gekommen? 55 Jahre nach der »Uraufführung« beim Preissingen hat es mir sein in Reichenhall lebender Bruder Toni Schreiber, selbst ein trefflicher Sänger, erzählt. (Von ihm erhielt ich auch die bisher nicht bekannte 4. Strophe.)

* Herausgeg. von Kurt Huber und Kiem Pauli. Mainz o. J.

Eine Tante, hoch in den Siebzigern stehend, das »Mädei«, hat zuweilen den Liedtext aufgesagt, die Weise war ihr entfallen. Aber gerade dieses Lied wollte der Alfons in Traunstein singen. Es mußte also eine Melodie her, notgedrungen eine selbsterdachte. Beim »Komponieren« geholfen hat der Traunwalchner Chorregent Engelbert Kaiser, ein Onkel von ihm.

Cesar Bresgen ist bei seinen Forschungen nach Liedern aus der Feder des legendären Ferdinand Joly auf das Hirtenlied »Geh, Luitel, gschwind und lauf« gestoßen, und hier haben wir nun die ursprüngliche Dichtung, deren Weise die Tante nicht mehr singen konnte. (Siehe S. 134). Die alte Fassung ist im Volk vergessen, die neue aber, die mit der Melodie aus Traunwalchen, ist lebendig geblieben, wird nachgesungen bis zum heutigen Tag.

Traunwalchen in den zwanziger Jahren

Das allzeit mit Beifall aufgenommene Tratzliadl (S. 107) hat der Ramsauer Schuhmacher und Hochzeitslader Karl Frigius gedichtet und in den zwanziger Jahren bei Hochzeitsfeiern vorgetragen. Seit 1955 gehört es zu den Stammliedern der »MarktErer Sänger« von Berchtesgaden, Karl Seiberl, Ludwig und Eberhard Kurz.

Erläuterungen zu den einzelnen Strophen:

Ramsau. Der Sage nach war es den Ramsauern ein Ärgernis, daß die Kunterwegkirche so nahe am Felsen steht. Sie haben beschlossen, das Gotteshaus ein wenig nach vorne zu schieben. Der Bürgermeister legte seinen Mantel als Markierung vor die Kirche, dann stemmten er und seine Mannen

Berchtesgaden um die Jahrhundertwende

sich mit aller Kraft gegen die Hinterwand. Daß unterdessen ein Handwerksbursch vorbeikam und den Mantel mitgehen ließ, hat keiner bemerkt. Als das Gemeindeoberhaupt die leere Stelle entdeckte, schrie er hocherfreut: »Siehg koan Mantl nimma, de Kirch steht scho drauf!« (Aus heimatkundlichen Notizen von Lisl Mayer, Taubensee.)

Schönau. Dort haben sich wohlhabende Leute angesiedelt.

Königssee. Gemeint ist, daß die Königsseer im Sommer großen Fremdenbetrieb haben, sich im Winter hingegen verkriechen in den »Katzenscherm« (Katzenbehausung).

Salzberg. Dort gab es einmal mehr junge Burschen (»Frischling«) als Dirndl.

Scheffau. Dort herrschte Frauenmangel, darum mußten die Männer die »Zegger« (Frauentaschen) tragen.

Schellenberg. Die Schellenberger galten als lebenslustige Leut, die allerdings über ihre Verhältnisse lebten.

Gern. »Pfleim« wurde ein allzu ruhiger, langweiliger Mensch genannt. Die Bezeichnung »Garei-Leim« weist hin auf die Heimarbeit für die Berchtesgadener Holzwarenindustrie. Die Gerner leimen die »Garei« (Spanschachteln) zusammen.

Markt Berchtesgaden. Ungezogene Kinder werden »Fratzen« genannt.

Bischofswiesen. Sie hielten sich für bärenstark. Einen »Stroach« haben bedeutet besonders stolz sein auf etwas.

Der Wildschütz Himmier-Anderl

Zum Lied S. 64: Sein Name war Andreas Mayer, geheißen hat man ihn »Himmier-Anderl«, weil er vom Himmlerhof in Siegsdorf bei Höslwang herstammte. Um 1842 herum wurde er »an Brand draußt«, einem Waldstück zwischen Hemhof und Höslwang, erschossen aufgefunden.
Die Leute haben schon längere Zeit darüber gemunkelt, daß sich der Anderl im Wald herumschleicht. Der Jäger vom Schloß Hartmannsberg warnte ihn: »Anderl, sei gscheit, an Holz draußt bin i a andana Mensch!« Zehn Wildschützen soll der Jäger bereits »'s Liacht ausblasn« haben, und sein Spruch soll gewesen sein: »Zwölf Apostel hands und zwölf Wilderer muaß i daschiaßn!« Als elften ereilte das Schicksal den Himmier-Anderl. Ein Jahr darauf traf es den zwölften, aber der war kein Wildschütz, sondern der Jäger selber.
Soweit die Erzählung der Vorsänger Lampersberger von Almertsham.
Gustl Schachner, Oberlehrer a. D. und Heimatkundler, selbst gebürtiger Höslwanger, bestätigt im großen ganzen die mündliche Überlieferung, wenngleich sie seiner Meinung nach im Laufe der Zeit ziemlich sicher einen romantischen Aufputz erfuhr, beispielsweise den mit dem Spruch von den zwölf Aposteln. Nach Schachners Vater, geb. 1872, ist der Himmier-Anderl am Auffahrtstag (Christi Himmelfahrt) erschossen worden. Der Jäger, der die Kugel eines Wilderers im Kopf hatte, ist übers Jahr am Karfreitag gestorben; oben in Sonnering beim Staudinger, wohin er getragen wurde.
Das Lied gibt Rätsel auf. Mit gleichem Text und ähnlicher Melodie ist es nämlich 1855 veröffentlicht in W. Freiherrn von Dietfurths Fränkischen Volksliedern. Als das Buch erschien, war unser Andreas etwa zehn Jahre tot. Es ist nicht gut möglich, daß sich das Chiemgauer Trauerlied in so kurzer Zeit im Raum Nürnberg eingebürgert hat. Gab es im Frankenland weit früher schon einen Andreas mit gleichem Schicksal? Die Sprache des Liedes untermauert die Vermutung, daß der Trauergesang umgekehrt von Norden nach Süden gewandert ist und ihn sich unsere Sänger für »ihren« toten Wildschützen »ausgeliehen« haben.
Gleiches geschah anscheinend in einem weiteren Fall. Im Nachlaß von August Hartmann (1917) befindet sich das Lied mit folgender Anmerkung: »Wurde vor 40 Jahren im Heimatorte des Erschossenen, zu Pframmern bei Egmating, von dortigen Burschen gedichtet.«

»Es is koana g'wesn,
kimmt koana mehr aa,
wia da Wirtsseppal z'Garching,
da Zithanschlaga!«

Wie lebendig das Gedenken an den »Wirtsseppal z'Garching« geblieben ist, zeigt das Ergebnis einer Zeitungsumfrage nach dem Lied, die ich in den dreißiger Jahren im südostbayerischen Raum veranstaltet habe. 16 Strophen und drei Gstanzl sind zusammengekommen. Die Melodie ist übernommen vom damaligen Wirtshausg'sang in St. Georgen a. d. Traun.
Der Heimatkundler Josef Dirscherl, viele Jahre Lehrer in Garching a. d. Alz, ist dem turbulenten Leben des Wandermusikanten nachgegangen. Letzte Station des »Zithernschlagersepperls« war Engelsberg. Im Totenbuch der Pfarrei steht vermerkt: »Josef Wasserburger, Wirtssohn und Metzgerknecht zu Garching, Landgericht Altötting, ledig gestorben an Lungenlähmung am 1. Juli 1857, nachts 12 Uhr. Am 4. Juli beerdigt, 69 Jahre und 6 Monate alt.«
Als Erstgeborener war er dazu bestimmt, das elterliche Anwesen zu übernehmen, aber daraus ist nichts geworden. Es hat ihn fortgezogen, hinaus ins freie Leben. Mit der

Elternhaus des »Wirtsseppals«: Das Wirtshaus Wasserburger in Untergarching, Garching a. d. Alz.

Zither im Sack ist er bis über die Donau hinaufgekommen. Überall gern aufgenommen, erlangte er bald schon Berühmtheit. Nicht zuletzt wegen der Stückl, die er geliefert hat. Stückl, die nichts mit Zithermusik zu tun hatten, sondern solche, die ihm Konflikte mit der Obrigkeit eingebracht haben. Als er zum Militärdienst eingezogen werden sollte, hat er sich längere Zeit versteckt gehalten: »An König von Boarn is a dreimal desatert . . .«. Im Lied ist Sepperls spektakulärstes Auftreten geschildert, sein Widerstand bei der Ergreifung durch die Gendarmen.

Lied S. 110.

Kinder-Kettenreim

Alle Tage Morgenstern,
Buama essn d'Suppn gern,
mit da Suppn wollns net außa,
da Hund, der tuat an Kaußa,
an Kaußa tuat da Hund,
da Rappe macht an Sprung,
an Sprung macht da Rappe,
da Schuasta hat zwoa Kappe,
zwoa Kappe hat da Schuasta,
da Schneida tuat an Huasta,
an Huasta tuat da Schneida,
da Weber war der Gscheita,
da Gscheita war da Weba,
da Wagn hat vier Räda,
vier Räda hat der Wagn,
mit Eisn is a b'schlagn,
b'schlagn is er mit Eisn,
de Blindn muaß ma weisn,
weisn muaß ma de Blindn,
da Schmarrn is guat schlindn,
guat schlindn is da Schmarrn,
da Pfluag geht nach dem Karrn,
nach dem Karrn geht da Pfluag –
solche Versl wiss'ma gnuag.

Bekommen von Agnes Hell, Waldhausen bei Schnaitsee.

Der Fensterstock-Hias war ein Rupertiwinkler

Von Otto Liebhaber, 1935 Lehrer in Traunstein[1], stammt die Mitteilung, daß dem weitverbreiteten Lied »Znagst hat ma mei Diandl a Briafei zuagschriebm« ein tatsächlicher Vorfall zugrunde liegt. In Waldering, nahe Tittmoning/Kirchheim, soll er geschehen sein.

Erst 50 Jahre später bin ich Liebhabers Fingerzeig nachgegangen. Der Hansenbauer Sebastian Obermayer hat schon unter der Haustür richtig vermutet: »Bist wegn dem Hiaslliad da? Da bist scho g'recht dro, die G'schicht is bei uns passiert!« In der Stube dann korrigierte ihn seine Mutter, die 86jährige Altbäuerin Anna: Mit dem Hansenbauernanwesen ist nicht der jetzige Hof gemeint, sondern der einstmalige »Hansenhiaslbauer«, und der ist ein wenig abseits gestanden, im heute nicht mehr existierenden Weiler Weinfurt[2].

Seit dem 17. Jahrhundert ist das Geschlecht der Lebacher ansässig, die alte Anna ist eine Nachkommin. Demnach drängt sich die Vermutung auf, daß der von großem Pech verfolgte Fenstergeher ein Mathias (Hiasl) Lebacher war. Stimmt aber nicht. Im Taufmatrikel taucht der früheste Mathias erst 1834 auf, und da war unser Lied längst bekannt. Die erste Textaufschreibung befindet sich mit sechs Strophen im weltlichen Teil des »Stubenberger Liederbuches«, und dieses ist zwischen 1796 und 1815 entstanden[3]. Dort beginnt die erste Strophe so: »Es hat sich beim Schwemmbauern jetzt Eyllends zuatragn.« Schwemmbauern nannte man einst die Höfe in Waldering, weil deren Felder zuweilen von der ausbrechenden Salzach überschwemmt wurden.

Wenn es sich also beim »Hiasl« nicht um einen Lebachersohn handelt, um wen sonst? Denkbar wäre, daß ein Nachbarsbursch namens Hiasl beim Hansenbauer eine Tochter oder eine Hausdirn nächtlicherweise aufgesucht hat und dabei grausam eingegangen ist. Genaueres wird nie herauszubekommen sein. Das ist bei Fenstergeher-Geschichten meistens der Fall.

»Wer hat das Liadl erdicht?« Der Seidel-(früher Seyerl-)bauer vom Nachbarort Kirchheim[4] überlegt: »Ob's eppa vom Scholi stammt? Der hat ja auf unsern Hof g'lebt.« August Hartmann bestätigt dies. Als er (vor 1880) bei seinen Nachforschungen nach Halsbach kam, erzählte ihm ein Bauer zu Leutgering, in dessen Haus der legendäre Vagant und Dichter Ferdinand Joly oft zu Besuch war: »Der ›Schori‹ hat sich alleweil beim alten Seidel z'Kirchham aufg'halten. Der hat ihn danuit (ernährt), der ist ein Singerfreund gewesen.«[5] (Siehe S. 174 »Mei liaba Scholi!«)

Das Fensterstockhiasl-Lied hat auf seiner nunmehr zweihundertjährigen Wanderschaft in alle Himmelsrichtungen zahlreiche Veränderungen, Erweiterungen und auch Vergröberungen erfahren. Im vorliegenden Buch sind nur jene Strophen aufgenommen, die sich in der engeren Heimat des Hiasl erhalten haben. Ergänzt sind sie durch zwei Vierzeiler aus der Schnaderhüpfelsammlung von M. V. Süß[6].

(Lied S. 87.)

Anmerkungen

[1] Der Münchner Lehrer Otto Liebhaber, gest. 1939, hinterließ einen umfangreichen Bestand von selbstgesammelten Volksliedern. Die Sammlung ist leider verschollen.

[2] Von diesem Haus gibt es ein Kindersprüchl, das ebenfalls weithin bekannt wurde:
»Hintern Hanslhiaslhäusl
hängen hundert Hundshäut hinten.«
oder:
». . . hab i hundert Hasn huastn hörn.«

[3] Die aus Stubenberg bei Simbach am Inn stammende große Liederhandschrift eines Unbekannten ist in der Bayerischen Staatsbibliothek München verwahrt.

[4] Jenes Kirchheim, aus dem die Urgroßmutter von W. A. Mozart, Magdalena Pertl, geb. Zachner, stammt. (E. Valentin, Mozart, Weg und Welt. München 1985).

[5] August Hartmann, Volksschauspiele. Leipzig 1880, S. 178.

[6] Maria Vinzenz Süß, Salzburger Volkslieder. Salzburg 1865.

Beim Kuckuck-Anschlag

Das suchende Kind stellt sich mit dem Gesicht zur Wand und schreit, während sich die andern verstecken:

Wibbale, Wabbale,
da Weba hat 's Kappale,
's Kappale hat da Weba,
da Wagn hat vier Räda,
vier Räda hat da Wagn,
mit Eisn is a b'schlagn,
b'schlagn is a mit Eisn,
die Blindn tuat ma weisn,
weisn tuat ma die Blindn,
da Schmarrn is guat schlindn,
guat schlindn is da Schmarrn,
hockn d'Narrn aufn Karrn,
da Karrn hat kracht;
d'Narrn ham g'lacht,
wenn a bricht,
ham d'Narrn nix!
Wer si versteckt hat, soll's Maul
aufreißn und »Gugg« schrei'n!

Samerberg

»Mei liaba Scholi!«

Dieser Spruch ist ziemlich genau 200 Jahre alt und nicht nur im Rupertiwinkel, wo er aufgekommen ist, heute noch gebräuchlich. Wenn jemand von einem außerordentlichen Geschehen berichtet, schließt er gern mit diesem bekräftigenden Nachsatz. Beispiel: »Narrisch, wie dieser Sturm im Wald g'haust hat – mei liaba Scholi!«

Den Scholi hat es wirklich gegeben. Er war ein herumziehender Leutunterhalter, Dichter, Sänger, Geschichtenerzähler sowie Verfasser von Komödi- und Drischlegspielen[1].

Ferdinand Joly, so sein richtiger Name, wurde 1758 in Salzburg geboren als siebtes Kind eines Hofzuckerbäckers französischer Abstammung. Zum Priesterberuf bestimmt, hat man ihn 1783 wegen eines mysteriösen Vorkommnisses von der Universität verwiesen. Von da an bis zu seinem Tode führte er ein unstetes Leben, vorwiegend in der Gegend von Tittmoning. Sein außergewöhnliches Auftreten, seine Späße, Lieder und Spiele machten ihn weitum bekannt und beliebt. Bauern nahmen ihn ins Quartier, wenn auch jeweils nur für einige Tage, denn dann zog es den unruhigen Geist wieder auf die Wanderschaft. Der »Schori«, wie ihn manche auch nannten, war überall und nirgends daheim[2].

In Elsenloh ist er unter freiem Himmel gestorben. Das Sterbebuch des Pfarramtes Kay vermerkt zum Jahr 1823:

»20. Okt. hora 6 vesp. Ferdinand Joly, hochfürstl. Salzburg. Kammerdienerssohn von Salzburg, der in hiesiger Pfarrei (größtenteils beim Elsenloher) privatisierte und von guten Leuten erhalten wurde«.

Der Münchner Volksliedforscher August Hartmann[3] hat in den siebziger Jahren des vorigen Jahrhunderts Leute befragt, die den Scholi entweder noch gekannt haben oder aus Erzählungen von Vorfahren etwas über die Persönlichkeit Scholis sagen konnten. Hier einige Mitteilungen:

»Er ist ein leichtsinniger Kerl gewesen, alle Lumperei hat er mitgemacht; zu jedem Kammerfenster ist er mitgegangen«. (Eine der spärlichen Nachrichten aus Scholis früheren Jahren.)

»Wenn der Schori bei einem Bauern über Nacht geblieben ist, da sind die Leute zusammengekommen und haben ihm zug'lost, weil er hat so schöne Geschichten erzählen können. Wo er ein paar Groschen kriegt hat, da hat er die ganze Nacht erzählt. Die Geschichten sind traurig gewesen und zum Lachen auch wieder«. »Er hat die raresten G'sanga dicht. Aber am Freitag hat er nicht gesungen«.

»Die Lieder lehrte er alle zuerst dem Vuisinga-(Vorsänger-)Hansl z'Ruitham (Roitham). Der war als Singer weit und breit bekannt und hat die Scholilieder unter die Leute gebracht. Derselbe ist auch ins Sternsingen gegangen. Hierfür dichtete ihm Schori ebenfalls Lieder". Oft hörte man das

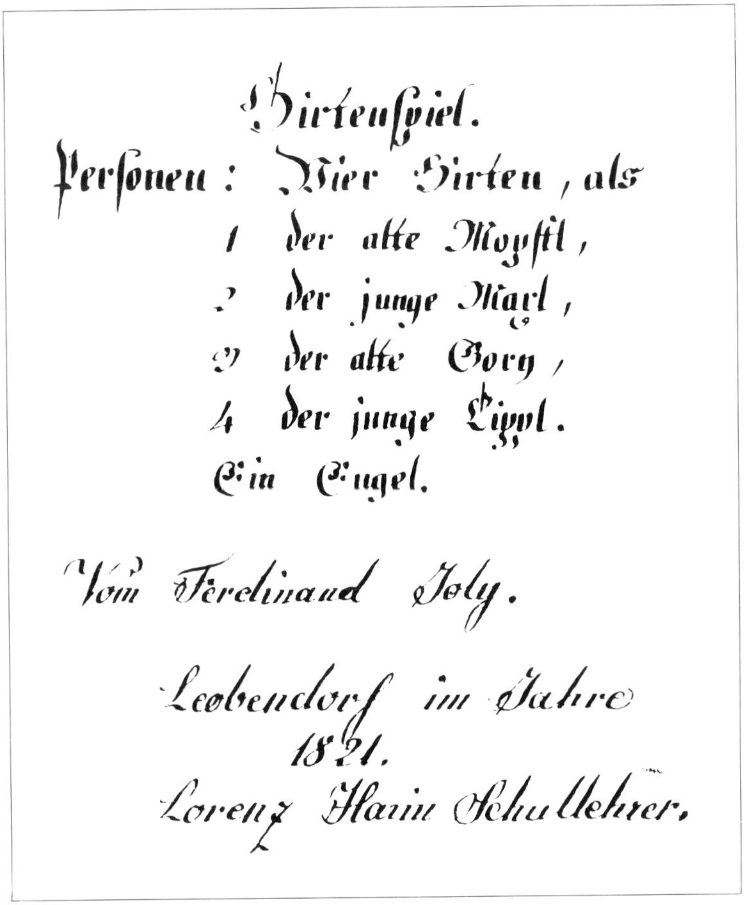
Hirtenspiel.
Personen: Vier Hirten, als
1 der alte Moystl,
2 der junge Marl,
3 der alte Gorg,
4 der junge Lippl.
Ein Engel.

Vom Ferdinand Joly.

Leobendorf im Jahre
1821.
Lorenz Haim Schullehrer.

Noch zu Lebzeiten Ferdinand Jolys hat der Leobendorfer Lehrer Lorenz Haim diese Abschrift, wohl nach dem Originalmanuskript, angefertigt, was ein Beweis dafür ist, daß dieses »Hirtenspiel« Anklang und Verbreitung gefunden hat. Haim war später Lehrer und Gemeindeschreiber in Kirchstein-Lampoding.

Bedauern äußern, daß der Scholi nicht bis zur Priesterweihe gelangt war: »Das wäre ein scharfer Prediger geworden!« Viele Lieder machte er (gegen Bezahlung) aus dem Stegreif. Er sagte mitunter: »Um an Zwölfer werd's grad a mitters, aber um an Zwanzger a guat's!«

»Mit dem Dichten hat er sich fortgebracht.« Doch nicht immer reichte solcher Verdienst aus; dann kam er wohl auch manchmal zu diesem oder jenem wohlhabenden Bauern: »Heut hab i koa Geld nimma!« oder: »An Zihrpfennig hätt i gern!«
»Er ist groß gwesn, a bissl mager und lang-

g'sichtat. Grau is er nicht worden, er is immer schwarzkopfet gwesn.« In der Kleidung war er etwas »civilischer« (als die Bauern), »recht arm beinand und recht z'rissn«. »Er hat immer so finster und ernsthaft dreingeschaut, daß man ihn hätte fürchten können. Den Rock voneinander, so is er dahing'flogn.«

»Er ist im Vorbeigehen zu mir hergetreten und hat gesagt: ›Weberdirndl, der Mensch geht dahin und kimmt nimma! Bet mir an Vaterunser!‹ Dann ist er im Heimgehen auf dem Weg gestorben; bei dem Kreuz haben sie ihn gefunden.«

In Ferdinand Jolys Halsbacher Hirtenspiel legen die Hirten an der Krippe ihre Gaben ab. Einer von ihnen, der »Klaps«, spricht dabei folgenden Text:

»I bin da Klaps, da kreuztörisch Bua;
Aba z'essn han i aa nia gnua.
's Broud is wen'g, da Louh is kloa, (Brot, Lohn)
Aft gehts als wia i moa:
Was willst denn habm von so an arma Lappen?
Se, da! i gib da mei Kappen!
Und wann i kimm zon Sterbn,
So laß mi fei nöd ewig voderbn!
Laß mi schnurgrad an Himmi ei'!
Is auf da Welt aso koa Sei'.«

Kann schon sein, daß der Verfasser in dem armen Schafhirten sich selbst gesehen hat.

Lied S. 134. (Siehe auch S. 172: »Der Fensterstock-Hias war ein Rupertiwinkler«.)

Anmerkungen:

[1] Der Brauch des Drisch'lleg (gesprochen »Drischleg«; die Drischel, der Dreschflegel, wird nach dem Abdreschen niedergelegt) war ein lustiges Beisammensein in der Bauernstube zum Abschluß der schweren Mühen der Ernte- und Dreschzeit. Im Mittelpunkt standen dabei kleine ländliche Komödien mit festgelegtem Text, Gesellschaftsspiele, meistens ziemlich grobe, bei denen ahnungslose Junge hereinfallen müssen. (So wie ich selber einmal, Ende der zwanziger Jahre, beim Steirerbauern in Bergen.)

[2] Cesar Bresgen: Der Scholi. Ein Salburger Student, Vagant und Musikus um 1800. Wien 1984.

[3] August Hartmann: Volksschauspiele. Leipzig 1880, S. 176ff. – Vgl. auch Dieter Goerge: Das Leobendörfer Hirtenspiel von Ferdinand Joly. In: Das Salzfaß, Jg. 16 (1982), Heft 3, S. 113–125.

Inhaltsverzeichnis nach Liedgruppen

»Und mit fröhlichem Herzen steig i 's Gamsgebirg o«

Fischer, Jäger und Wildschützen, Lieder vom Almleben

»Kommet her, ihr Kameraden«

Trauerlieder für tote Wildschützen, Lied der »Kopaljäger«, Auswanderer – Abschiedslied

»Und 's Diandl hoamweisn, des muaß ma vosteh«

Gstanzl, Spott- und Fopperlieder, Wirtshausg'sanga, Couplets

»Da halt' mi da Mautna um an Mautzettl o«

Lieder von Markthändlern, Hausierern und reisenden Fuhrleuten

»Wer ist denn draußen, wer klopfet an?«

Verliabte Liadl

»Einen Galgen lass' ich aufbauen, aus Gold und Edelgestein«

Balladen vom Soldaten und der schönen Markgräfin sowie vom unglücklichen Deserteur

»Heita, i will dir was singa«

Wiagnliadl und Zwiesprüchl

»Trompeten- und Paukenschall hört ma fast überall«

Anklöpfl- und Hirtenlieder, Lieder zur Heiligen Nacht, Neujahrs- und Dreikönigslieder

»Fürcht' euch nicht, ihr kleine Schar«

Geistliche Volkslieder

Alphabetisches Verzeichnis der Liedanfänge